RECHERCHES

SUR LE

SENS DE LA FORCE

PAR LE DOCTEUR

ARTUS CHAVET
à Charolles (S.-et-L.)

LYON
IMPRIMERIE A. WALTENER ET Cie
14, rue Belle-Cordière, 14
1880

19

RECHERCHES

SUR LE

SENS DE LA FORCE

RECHERCHES

SUR LE

SENS DE LA FORCE

PAR LE DOCTEUR

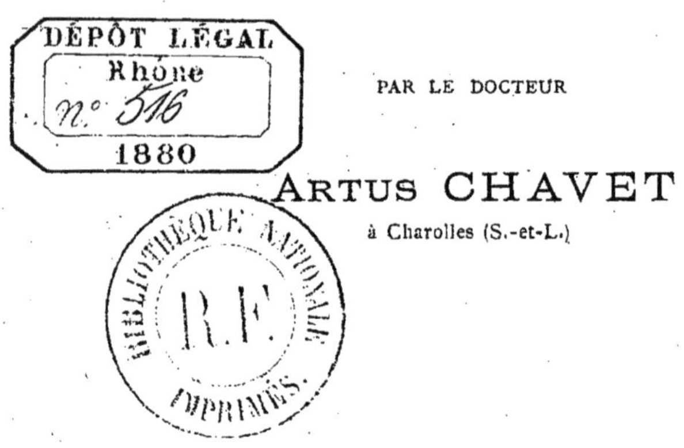

ARTUS CHAVET
à Charolles (S.-et-L.)

LYON
IMPRIMERIE A. WALTENER ET Cie
14, rue Belle-Cordière, 14
1880

A LA MÉMOIRE DE MON PÈRE

A LA MÉMOIRE DE MA MÈRE

A MES FRÈRES

A MA SŒUR

A MON MAITRE

MONSIEUR LE DOCTEUR R. LÉPINE

Professeur de Clinique médicale à la Faculté de Lyon

Hommage de reconnaissance

INTRODUCTION

Les muscles, comme tous les autres organes, ont une sensibilité générale, assez obtuse d'ailleurs. De plus, si l'on s'en rapporte à une observation à la vérité superficielle et qui demande a être interprêtée avec rigueur, il semble qu'ils possèdent aussi une sensibilité particulière que quelques auteurs ont même appelée un sens et qui nous permet d'apprécier leur degré de contraction. C'est l'examen de cette dernière sensibilité (sens de la force) qui est l'objet exclusif de cette thèse.

Ce sujet peut paraître abstrait et, au premier abord, de médiocre importance.

Cependant, quand on voit les contradictions existantes entre les auteurs, dont les opinions paraissent fondées plutôt sur des vues *à priori*, que sur une saine observation, on ne peut s'empêcher de croire que l'étude du sens de la force a été beaucoup trop négligée, et présente une grande importance physiologique et pathologique.

Au point de vue particulier de l'ataxie locomotrice, cette étude offre un intérêt médical de premier ordre, que n'ont pas épuisé les recherches faites jusqu'à ce jour. M. Vulpian en juge ainsi lorsqu'il écrit : « Ce qui serait « particulièrement intéressant au point de vue « de la physiologie pathologique de la maladie « (ataxie locomotrice), ce serait de connaître, « d'une façon tant soit peu exacte, l'état de la « sensibilité musculaire au moment même où « se manifeste l'ataxie des mouvements, etc. » (1)

Je remercie mon maître, Monsieur le professeur Lépine, sous l'inspiration duquel cette thèse a été écrite, des encouragements bienveillants et des conseils éclairés qu'il n'a cessé de me prodiguer.

Je remercie ceux de mes camarades qui ont bien voulu se soumettre à mes explorations.

(1) VULPIAN. *Maladies du système nerveux*. 14me leçon. p. 316.

Aperçu Historique

Ce n'est qu'à partir des recherches de Weber que le sens de la force a été nettement distingué de la sensibilité musculaire générale. Bichat avait nié la sensibilité musculaire en tant que sensibilité générale, mais il avait ajouté : « Cependant, il est un sen-
« timent particulier qui, dans les muscles, appartient
« bien évidemment à cette propriété (la sensibilité) ;
« c'est celui qu'on éprouve après des contractions
« répétées et qu'on nomme lassitude » (1).

Ch. Bell avait attiré l'attention sur une sensibilité musculaire particulière à l'occasion d'un cas pathologique où cette sensibilité était perdue. Il la dénomma le sens musculaire. (2) Trousseau, dans sa clinique, rapporte textuellement l'observation et cite quelques-unes des réflexions de cet auteur. (3)

(1) Bichat, *Anatomie générale,* seconde partie p. 264, édit. 1812.

(2) Ch. Bell. *The nervous systèm of the human Body London 1830.*

(3) Trousseau. *Clinique médicale,* 2me édition tome II, p. 522.

Gerdy appelait cette sorte de sensibilité spéciale, le sens d'activité musculaire. (1)

En 1852, O. Landry publiait, dans les Archives générales de médecine, un mémoire intitulé : Recherches physiologiques et pathologiques sur les sensations tactiles.

Dans ce mémoire, il se demande si la sensation d'activité musculaire a une existence réelle? Pour répondre à cette question, il relate trois observations où l'on trouve, à son avis, supprimée l'appréciation des actions musculaires. Dans la première observation il s'agit d'une femme qui a perdu la notion de position des membres inférieurs. Dans la seconde, c'est un homme qui supporte sur la face antérieure de la jambe un poids assez lourd sans que le genou plie ; mais il n'apprécie pas la valeur du poids. Dans la troisième observation, c'est une femme mb a plusieurs fois perdu dans la rue un panier qu'elle portait au bras ; on lui place dans la main un gobelet d'étain assez pesant, elle prétend qu'il ne lui pèse pas plus qu'une plume ; dans la main saine il lui paraît au contraire d'un grand poids.

Déjà à cette époque, au dire de Landry, tout le monde admet le rôle du sentiment d'activité musculaire ; mais déjà, à cette époque aussi, les savants sont divisés sur l'origine de ce sentiment, et il se fait deux courants d'idées que suivent encore les physiologistes de nos jours. C'est ainsi que Gerdy paraît placer l'origine de

(1) Gerdy, *Physiol. philos. des sensations etc.* p. 45 et suiv. Paris 1846.

ce sentiment dans l'impression que la contraction musculaire détermine sur la périphérie nerveuse. Il semble aussi à Landry que l'opinion de M. Longet ne diffère pas de la précédente. Il convient maintenant de citer Müller pour avoir une idée précise de ce qu'on pense dans le camp opposé. Müller écrit : (1)

« Il n'est pas bien certain que l'idée de la force em-
« ployée à la contraction musculaire dépende unique-
« ment de la sensation. Nous avons une idée très exacte
« de la quantité d'action nerveuse partant du cerveau
« qui est nécessaire pour produire un certain mouve-
« ment. . . . .

« Il serait très possible que l'idée du poids et de la
« pression, dans les cas où il s'agit soit de soulever
« soit de résister, fût, en partie au moins, non pas
« *une sensation dans le muscle*, mais une notion de la
« quantité d'action nerveuse que le cerveau est excité
« à mettre en jeu. »

Mais Landry ne se range point à l'opinion de Müller. Il lui semble notamment que chez ces malades qui peuvent, à l'aide de la vue, diriger leurs mouvements avec assez de précision, mais qui ne le peuvent plus lorsqu'ils sont privés du secours de ce sens, il lui semble que chez eux, l'action cérébrale et la volonté restent saines et qu'il n'y a là qu'un trouble nerveux local.

« Il admet donc que la notion d'activité musculaire
« s'acquiert au moyen d'une sensation spéciale c'est-

(1) *Physiolog*. t. II p. 280.

« à-dire de la perception d'une impression périphéri-
« que particulière. » (1)

Landry a encore écrit un mémoire sur la paralysie de ce sens en 1855. Pour lui les symptômes de la paralysie de ce sens ne sont autre chose que ceux de l'ataxie, c'est-à-dire de l'incoordination des mouvements. Nous sortirions donc de notre sujet en analysant ce mémoire. Il en est de même des travaux de Duchenne qui ressortissent à l'étude de l'ataxie et non à celle du sens de la force. Suivant cet auteur, la paralysie du sens musculaire n'entraîne pas de trouble notable dans la marche, il accorde plus d'importance à la sensibilité articulaire. Il repousse également la sensibilité commune ou profonde de M. Axenfeld et s'élève contre la manière de voir de Landry qui avait confondu « les
« symptômes de la paralysie du sentiment d'activité
« musculaire avec ceux de l'incoordination de mou-
« vements. »

Pour Trousseau « il n'y a pas de sentiment d'acti-
« vité musculaire appartenant au muscle et inhérent
« à la sensibilité musculaire, il n'y a qu'une conscience
« du muscle en action, qui est un phénomène psychi-
« que et des impressions locales étrangères au muscle
« qui nous avertissent de l'accomplissement de
« l'acte » (2). »

Wundt, dit de son côté : « le siège des sensations

(1) Trousseau. loc. cit.

(2) *Archives générales de médecine 1852*, tome XXIX p. 268 et suiv.

« du mouvement ne paraît pas être dans les muscles « eux-mêmes, mais bien dans les cellules nerveuses « motrices, parce que nous n'avons pas seulement la « sensation d'un mouvement réellement exécuté, mais « même celle d'un mouvement simplement voulu. La « sensation du mouvement paraît donc liée directe- « ment à l'innervation motrice. »

Wundt lui donne le nom de sensation d'innervation.

Müller, Ludwig, Bernstein (1) pensent également que nous connaissons uniquement la contraction voulue ou l'intensité de l'excitation partie des centres nerveux. Bernhardt a montré que, lorsque les muscles soulevaient des poids sous l'influence, non plus de la volonté, mais bien sous celle de la faradisation, on appréciait très mal les différences de poids. Il part de cette expérience pour faire de la sensibilité musculaire un phénomène surtout psychique, une notion des centres volitifs (2). Mais l'interprétation de cette expérience n'est pas à l'abri de toute critique. « Il est « très possible, dit M. Beaunis, que, d'une part, les « courants faradiques diminuent la sensibilité tactile, « et, d'autre part, dans l'expérience de Bernhardt il « manque un des éléments de la notion du poids, « l'élément psychique qui accompagne le sentiment « de l'effort musculaire volontaire, et dont l'absence diminue la netteté de la perception » (3).

A l'appui de l'opinion de Bernhardt, on a cité

(1) *Les Sens,* Volume de la Bibliothèque scientifiqne internationale.

(2) Bernhardt. *Zür Lehre von Mulskelsinn*, analysé in-*Revue des sciences médicales* de G. Hayem, janvier 73.

(3) Beaunis, loc. cit. p. 425.

l'observation de la malade de Duchenne, qui présentait une anesthésie et une analgésie complètes, avec abolition de la sensibilité électro-musculaire, et qui, les yeux fermés, appréciait très exactement le poids des objets qu'on mettait dans sa main. Leyden et Bernhard ont publié des observations analogues, à la vérité moins rigoureuses.

M. Lewinski insiste sur la valeur de cette preuve et conclut de ces faits que l'appréciation des poids est un acte purement psychologique. (1) On pourrait peut-être objecter qu'à cette époque on ne connaissait pas bien les réflexes tendineux et que la sensibilité tendineuse n'était peut-être point altérée.

Schiff, Aubert, Kammler etc. pensent que nous ne connaissons la contraction d'un muscle que grâce à la sensibilité de la peau ou de la muqueuse avoisinante. Cette manière d'expliquer le phénomène ne pouvait s'appliquer à certains muscles profonds non en rapport avec le tégument externe ou interne, au diaphragme, par exemple.

Rauber, a comblé cette lacune dans l'explication, en disant que les corpuscules de Pacini que l'on rencontre dans la plupart des muscles, étaient comprimés pendant la contraction et transmettaient aux centres nerveux des renseignements sur l'état du muscle. Pour les muscles dans le voisinage desquels on ne rencontre pas de corpuscules de Pacini, Rauber a indiqué des dispositions particulières qui en font l'office. (2)

(1) Virchow. Archiv. Tome 77. p. 145.
(2) Rauber. *Dissert.* Munich 1865.

Arnold, Brown-Sequard (1) et d'autres, admettent dans les muscles, des fibres nerveuses centripètes qui iraient porter aux centres nerveux, la sensation de la contraction accomplie. Depuis longtemps, plusieurs histologistes (Kollicker, Reichert etc) avaient signalé dans les muscles, la présence de filets nerveux sensitifs distincts des moteurs; et bien qu'une certaine obscurité règne sur leur mode de terminaison, la plupart des auteurs en admettent l'existence. Carl Sachs a institué des expériences pour en donner la démonstration physiologique. Il prétend en outre les avoir constatés anatomiquement, ce sont, à son dire, des fibrilles qui n'arrivent pas jusqu'à l'intérieur du faisceau primitif mais forment à la surface externe du sarcolemne un réseau très délicat. (2)

On a invoqué aussi les réflexes tendineux comme une preuve de leur existence.

Ch. Richet, dans sa thèse, rapportant des faits relatifs aux illusions des amputés, a noté dans les premiers jours qui suivent l'opération des sensations curieuses des malades. Il leur semble avoir des crampes dans les orteils qu'ils disent se fléchiro u bien ils croient que leur pied absent est animé de mouvement et se porte en haut ou en bas. L'auteur de la nouvelle édition de Küss fait remarquer que ce sont bien là des phénomènes qui tendent à prouver l'existence de nerfs

(1) Brown-Sequard. *Recherches sur la transmission des impressions du tact etc.* (*Journal de la Physiologie*, tome VI, 1863).

(2) *Physiolog. und anat Unters über die sensiblen Nerven der Muskeln* (Arch. für Anat. 1874.)

spéciaux destinés à donner aux centres nerveux des notions sur l'état de contraction des muscles. (1)

Béclard admet que le jeu des « muscles et celui « des articulations déterminent dans les nerfs muscu- « laires et dans les nerfs de toutes les parties dont les « rapports sont modifiés, des sensations qui nous « instruisent sur la position de nos membres et sur « les états de nos muscles. » (2)

M. Leyden reproduit d'abord les idées de Bell qui a, comme on sait, attribué le sens musculaire aux nerfs sensitifs des muscles, puis celles de Weber; il estime qu'il est nécessaire, pour étudier le sens musculaire, de distinguer en lui deux propriétés spéciales ainsi que Weber l'avait déjà indiqué, à savoir :

1° Le sens de force, c'est-à-dire la propriété par laquelle on peut estimer la lourdeur des poids soulevés. Cette sensibilité spéciale, serait jusqu'à un certain point, distincte de la sensation donnée par la pression. Weber a insisté sur le fait que la sensibilité pour soulever des poids est bien plus fine que celle de la pression exercée sur la peau par les mêmes poids; Eigenbrodt a observé des malades chez lesquels la sensation à la pression était notablement altérée et qui conservaient intacte la notion des poids soulevés.

2° La sensation de position des membres. (1)

Dans son chapitre sur la sclérose des cordons pos-

(2) *Recherches expérimentales et cliniques sur la sensibilité.* Thèse de Paris 1877, de CH. RICHET.

(3) BÉCLARD, *Physiologie*, p. 938.

(1) *Traité clinique des maladies de la moëlle épinière.* Traduction RICHARD et VIRY Paris, chez Baillière 1879, p. 106.

térieurs, le même auteur dit que « l'appréciation du « poids étant un acte psychique et se faisant d'après « la loi de Fechner, reste, *par conséquent*, complè- « tement intact dans cette maladie, pourvu que le « poids employé soit assez lourd pour amener une « perception » (1).

Je trouve cette assertion, qui peut paraître au premier abord fort étrange, corroborée dans l'ouvrage tout récent de M. le professeur Eulenburg, qui s'exprime de la manière suivante, à propos des anesthésies du sens de la force : (2)« La sensibilité pour les « différences de poids peut être diminuée ou le poids « ne commencer à être apprécié que s'il est extrême- « ment lourd. L'une et l'autre de ces modifications « se rencontrent souvent dans le tabes dorsalis, mais « pas d'une manière constante, car chez des malades « arrivés à une période avancée de la maladie et « présentant à un haut degré des troubles de la « coordination, la sensibilité pour les différences de « poids peut être parfaitement intacte; dans d'autres « cas le poids n'est apprécié que s'il est fort lourd, « la sensibilité aux différences de poids restant d'ail- « leurs normale ».

Erb, dans son traité des maladies de la moelle, et Eulenburg distinguent également le sens de la force.

D'après M. Beaunis le sens musculaire nous fait connaître :

1° L'énergie de la contraction, le degré de l'effort

(1) Leyden, loc. cit. p. 608.

(2) Eulenburg. *Lehrbuch des Nervenkrankheiten*, p. 109

musculaire ; aussi Weber l'appelle le sens de la force; nous acquérons de cette façon la notion des poids soulevés.

2° L'étendue du mouvement ou l'excursion du mouvement (précision du mouvement).

3° La rapidité de la contraction (agilité du mouvement).

4° La durée du mouvement.

5° La direction du mouvement.

6° La position des membres et du corps au moins en partie. (1)

(1) Beaunis. *Loc. cit.* p. 424. 1880.

RÉSULTATS EXPÉRIMENTAUX

§ 1er. — Expériences de Weber et de M. Jaccoud Manuel opératoire et but de mes expériences

Ainsi que je l'ai dit en commençant, je n'ai pas étudié le sens musculaire, aux divers points de vue indiqués ci-dessus par M. Beaunis; mais, ainsi qu'on l'a fait jusqu'à présent en clinique, je me suis contenté d'examiner avec soin quelles notions il nous donne sur l'effort musculaire produit et sur le poids du corps soulevé. Ce qui m'a encouragé dans cette étude, quelque circonscrite qu'elle paraisse, c'est que je n'ai trouvé dans les auteurs, que peu de notions exactes à ce sujet et fort peu d'expériences.

D'après Weber cité par Küss nous distinguons les uns des autres des poids soulevés, pourvu qu'ils diffèrent au moins de 1/17 de leur poids. (1).

(1) Küss, *Manuel de Physiologie*, 1872, p. 475.

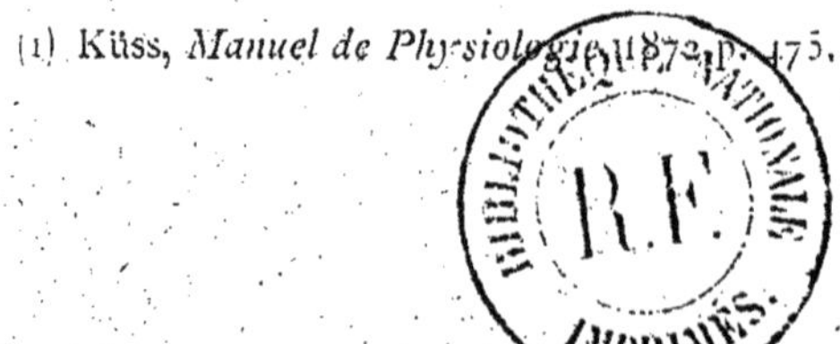

Il est probable qu'il s'agit des membres inférieurs, car au rapport de M. Jaccoud, Weber a dit que le membre supérieur d'un homme sain, reconnaît sans exercice préalable des poids qui sont entre eux comme 39 et 40. Aux membres inférieurs, ajoute M. Jaccoud, la sensibilité musculaire est moins grande ; les expériences personnelles de cet auteur lui permettent de dire que l'on ne différencie que des poids présentant un écart de 50 à 70 g. Malheureusement il ne dit pas avec quels poids il a agi.

Aussi, il est probable que M. Beaunis commet une erreur lorsqu'il dit, toujours d'après Weber :

« Un homme sain distingue une différence de poids
« de 40 à 39 environ quand le poids est supporté par
« le pied. »

Ainsi, trois auteurs ont lu Weber et ont rapporté bien différemment ce qu'avait écrit ce physiologiste, pour ce qui est relatif à la différence de poids appréciée.

J'ai cherché à consulter l'original, mais je n'ai pu y parvenir, l'*Handworterbuch* de R. Wagner, qui, comme on sait, renferme le célèbre article de Weber, ne se trouvant pas à la bibliothèque de la Faculté. (1)

Leyden, cité par Eulenburg, dit que des hommes sains peuvent distinguer deux plateaux, dont l'un supporte 3 livres 11,5 loth et l'autre 6 livres 2 loth, ce qui établit à peu-près un rapport comme celui qui existe entre 20 et 19.

(1) Voyez Weber Art. *Tastsinn dans Wagner''s Handworterbuch der Physiologie.*

L'effort est accompli par les extenseurs de la cuisse. (1)

Avant de passer au détail de mes recherches, je dois indiquer la manière dont j'ai procédé :

Quant aux membres supérieurs, je dépose simplement les poids dans la main, après avoir interposé un carré de carton ou de papier très fort destiné à empêcher autant que possible l'impression tactile, je fais ensuite soupeser les poids que j'ai placés, et le patient juge ainsi de l'effort musculaire nécessaire pour les soulever.

En ce qui concerne les membres inférieurs, les dispositions à prendre sont également des plus faciles ; je fais à cet effet asseoir le sujet en expérience sur un siége quelconque et il place le pied sur une chaise en face de lui. Je fixe ensuite au niveau de la jarretière une courroie munie d'une boucle, le collier de chien le plus élémentaire remplit cet office, et il ne reste plus qu'à suspendre au moyen de cette boucle un plateau de dimension mesurée construit à l'aide d'un métal léger.

Je me suis proposé de déterminer ainsi le sens de l'effort musculaire chez différents individus. Mon but était d'acquérir des notions sur le poids minimum perçu et la différence minimum reconnue avec différents poids chez les gens sains et chez les malades.

Il semble, au premier abord, qu'il soit simple de mener à bien des recherches aussi peu compliquées ; mais lorsqu'on veut les exécuter, on se heurte à bien

(1) Eulenburg, loc. cit. p. 104.

des difficultés de détail : les patients sont plus ou moins intelligents, plus ou moins désireux de bien renseigner. et il en est qui répondent toujours affirmativement, De plus, le sens se fatigue vite, et si l'on prolonge les séances, on n'obtient plus que des résultats dont on peut suspecter l'exactitude ; les poids, s'ils ne sont placés avec une certaine délicatesse, déterminent une pression ou une traction sur les téguments, et l'impression tactile, c'est-à-dire la sensibilité générale, vient en aide au sens de l'effort. Il va sans dire que j'ai cherché, autant que possible, à éviter ces diverses causes d'erreurs.

---

§ 2me. — Recherches sur le sens de la force des membres supérieurs

L'exploration suivante indique le type physiologique, celui qu'on trouvera le plus souvent :

E. étudiant.

Poids initial			
	S'aperçoit de la présence de		1 gr.
1 gr.	Reconnaît une augmentation de		1 gr.
15 gr.	id.	id.	1 gr.
50 gr.	id.	id.	2 gr.
100 gr.	id.	id.	3 gr.

Les résultats sont identiques à droite et à gauche.

On peut rencontrer des types physiologiques d'une sensibilité plus grande.

P. étudiant.

Poids initial	S'aperçoit de la présence de	1 gr.
1 gr.	Reconnaît une augmentation de	1 gr.
15 gr.	id. id.	1 gr.
50 gr.	id. id.	1 gr.
100 gr.	id. id.	1 gr.
500 gr.	id. id.	2 gr.

Les résultats sont identiques à droite et à gauche.

On rencontre aussi des types physiologiques d'une sensibilité moins grande.

C. étudiant.

Poids initial	S'aperçoit de la présence de	1 gr.
15 gr.	Reconnaît une augmentation de	2 gr.
50 gr.	id. id.	4 gr.
100 gr.	id. id.	5 gr.

Les résultats sont sensiblement les mêmes à droite et à gauche.

Voici encore un exemple également probant :

Jeune homme de 20 ans atteint d'affection cardiaque avec albuminurie.

Poids initial	S'aperçoit de la présence de	1 gr.
15 gr.	Reconnaît une augmentation de	1 gr.
50 gr.	id. id.	1 gr.
100 gr.	id. id.	2 gr.

Nous obtenons exactement les mêmes chiffres à droite et à gauche.

Le plus souvent, ainsi qu'on peut le voir par les observations ci-dessus, le côté gauche présente une sensibilité égale à celle du côté droit. Cependant il n'en n'est pas toujours ainsi. Dans certains cas, l'avantage est pour le côté droit.

C., étudiant.

à droite	Poids initial	S'aperçoit de la présence de		2 gr.
	2 gr.	Reconnaît une augmentation de		1 gr.
	15 gr.	id.	id.	1 gr.
	50 gr.	id.	id.	2 gr.
	100 gr.	id.	id.	3 gr.
à gauche	Poids initial	S'aperçoit de la présence de		2 gr.
	15 gr.	Reconnaît une augmentation de		2 gr.
	50 gr.	id.	id.	3 gr.
	100 gr.	id.	id.	4 gr.

Voici, au contraire, un cas où l'avantage a été pour le côté gauche, bien que le sujet ne fût nullement gaucher.

B., étudiant.

à droite	Poids initial	S'aperçoit de la présence de		1 gr.
	1 gr.	Reconnaît une augmentation de		2 gr.
	15 gr.	id.	id.	2 gr.
	50 gr.	id.	id.	2 gr.
	100 gr.	id.	id.	3 gr.
à gauche	Poids initial	S'aperçoit de la présence de		1 gr.
	1 gr.	Reconnaît une augmentation de		1 gr.
	15 gr.	id.	id.	1 gr.
	50 gr.	id.	id.	1 gr.
	100 gr.	id.	id.	1 gr.

Remarque Générale. — Lorsque l'examen se prolonge, la sensibilité s'émousse et le sujet reconnaît lui-même qu'il apprécie moins bien.

B., étudiant. Après un travail intellectuel un peu prolongé et aussi manuel, il éprouve un sentiment de lassitude, de fatigue générale.

à droite	Poids initial	S'aperçoit de la présence de	1 gr.
	1 gr.	Reconnaît une augmentation de	1 gr.
	15 gr.	id. id.	2 gr.
	50 gr.	id. id.	2 gr.
	100 gr.	id. id.	3 gr.
à gauche	Poids initial	S'aperçoit de la présence de	2 gr.
	2 gr	Reconnaît une augmentation de	1 gr.
	15 gr.	id. id.	3 gr.
	50 gr.	id. id.	7 gr.
	100 gr.	id. id.	10 gr.

Je donne ici le détail des explorations faites sur un jeune sujet atteint d'une affection de la moelle, paraissant, à beaucoup d'égards, se rapporter à l'ataxie locomotrice, et sur quatre malades manifestement atteints de la maladie de Duchenne.

OBS. I. — Ataxie locomotrice probable

(Salle Sainte-Elisabeth, lit 33)

X. B... né à Aps (Ardèche) 18 ans, sans profession. Mère morte cantinière en 70 à la suite de blessures ; père bien portant, quatre frères bien portants.

Cet enfant, qui a été élevé à la campagne, occupé aux travaux des champs, est bien constitué et se portait très-bien il y a 4 ans. Il ne parait pas avoir été exposé autrement au froid ou à l'humidité. A cette époque, il y a 4 ans, il subit une maladie longue qui l'a obligé de garder le lit trois mois environ, et qui paraîtrait avoir été une fièvre typhoïde. Depuis ce temps, il n'a marché qu'avec peine, et les troubles de la locomotion sont toujours allés en augmentant.

Jamais de douleurs d'aucune sorte, ni fulgurantes, ni constrictives.

Il marche à pas pressés, en regardant ses pieds et en frappant fortement du talon. Il ne peut même faire ainsi que quelques pas, et il lui faut bien vite se rapprocher des rangées de lits, le long desquels il va en se soutenant à l'aide des membres supérieurs.

Il raconte que depuis le début de sa maladie, au moment où il s'y attend le moins, les genoux fléchissent sous lui, ce qui l'expose à une chute imprévue. Lorsque le malade est couché, la force des membres inférieurs apparaît très-bien conservée. Il exécute avec incertitude les mouvements commandés après l'occlusion des yeux. Le réflexe du genou est obtenu difficilement ; on percute deux ou trois fois le ligament rotulien sans résultat, et un instant après il se produit un reflexe évident qui peut même ne point paraître inférieur à ceux de l'état physiologique ; il est retardé et demande à être cherché avec une certaine persistance.

Il est plus difficile à obtenir à droite.

Aux membres inférieurs, on note un certain degré d'hypéresthésie et un retard bien net de la sensation des piqûres.

Nous dirons plus loin ce qui a trait à la sensibilité musculaire.

Pas de troubles de la vue ni de l'audition ; rien du côté de l'appareil genito-urinaire.

Il s'est plaint différentes fois d'avoir des digestions difficiles et de l'anorexie.

Il maigrissait depuis un an.

Ce malade présente encore d'autres symptômes : il a eu

depuis 7 à 8 mois des maux de tête que le bromure de potassium aurait fait disparaître en partie.

Sa parole est hésitante, trainante parfois ; son timbre est altéré et il ne peut pas toujours prononcer les mots qu'il veut dire.

Il est moins adroit de ses mains : il éprouve de la gêne pour écrire et il manque de précision dans les mouvements des doigts et de la main. La force musculaire est également grande aux membres supérieurs.

Enfin, la tête semble animée de légers mouvements. Ces derniers troubles, comme ceux de la locomotion, paraissent avoir débutés à la suite de la maladie aiguë qu'il a subie il y a 4 ans.

J'explore l'état du sens de la force des membres supérieurs de ce malade :

à droite	Poids initial	S'aperçoit de la présence de	10 gr.
	10 gr.	Reconnaît une augmentation de	5 gr.
à gauche	Poids initial	S'aperçoit de la présence de	15 gr.
	15 gr.	Reconnaît une augmentation de	5 gr.

Le sens de la force chez ce malade se fatigue très vite et les explorations, à ce qu'il prétend, lui sont pénibles.

OBS. II. — Ataxie locomotrce

(Salle Ste-Elisabeth, lit 22)

Pierre Grange, 45 ans, né à Châtelneuf (Loire), tisseur et homme de peine.

Rien du côté de l'hérédité. Il a été fréquemment exposé au froid et à l'humidité, notamment lorsqu'il travaillait aux tanneries de Villefranche, et c'est à son dire depuis son séjour dans ces tanneries qu'il a commencé à souffrir. Il a été soldat pendant sept ans, mais n'aurait pas eu la syphilis et n'aurait jamais fait beaucoup d'excès, si ce n'est de tabac ; pendant toute la durée de son service, il a fumé 50 gr. par jour.

Pendant la guerre d'Italie, il a souffert de la dyssenterie et, lorsqu'il a eu son congé en 62, il sentait qu'il n'aurait pas pu continuer. Il fait remonter le début de son affection au printemps de 71.

Il raconte qu'il bêchait lorsqu'il sentit un craquement à la hanche ; on dût l'emmener dans une brouette, et il fut obligé de garder le lit à l'hôpital de Villefranche trois semaines environ (vésicatoires, bains de vapeur). Il est venu ensuite travailler aux fortifications de Lyon ; les pluies d'automne 71 l'ont mouillé, et le genou droit est devenu le siége d'un gonflement ; il souffrait d'ailleurs des deux jambes. Il fut soigné à St-Sacerdos (frictions, douches de vapeur, vésicatoires) ; il sortit de l'hôpital, vers février 72, pour aller travailler au tissage, d'abord du côté de Bourgoin, puis de Valence ; il tissait la toile, c'est dire qu'il était exposé à l'humidité ; il marchait à l'aide d'un bâton et conservait toujours le genou gonflé. Il a continué jusqu'en 73, alors le travail a manqué et il a voyagé à pied pour en chercher ; le pied gauche s'est tuméfié pendant ces marches. En 73-74, il s'est retiré chez sa sœur à Lyon et s'est mis à travailler dans un atelier de boulons, où il est resté près de 4 ans, jusqu'en 77. A cette époque, il a repris le tissage de la toile du côté de Bourg, et il marchait à l'aide d'un bâton, même la nuit. L'hiver de 79 l'a fait souffrir davantage, il avait des douleurs aux cuisses et aux reins qui présentaient tous les caractères des douleurs fulgurantes, puis vint la faiblesse et des douleurs dans les bras. Il a eu surtout beaucoup de douleurs dans les genoux et les pieds.

Il avait aussi à ce moment des digestions pénibles ; de plus, il urinait souvent et ne pouvait résister au besoin d'uriner. En février 79, il vient à la salle St-Jean, reste 15 jours, puis il va à l'hôpital de Montbrison où il reste jusqu'en novembre ; il va ensuite, pour l'hiver, chez son frère à Châtelneuf, et il entre dans la salle Ste-Elisabeth au mois d'avril.

Ce n'est qu'en février 79, cinq jours avant d'entrer à la salle St-Jean, qu'il n'a plus pu marcher : c'est à ce moment qu'il a perdu l'usage de ses jambes.

Nous constatons du côté du gros orteil de chaque pied des troubles trophiques d'une nature particulière ; il avait, lors de son entrée au commencement d'avril, une ulcération taillée à l'emporte-pièce siégeant au niveau de la pulpe du gros orteil, et empiétant sur la face dorsale au niveau de l'ongle ; la lésion était assez symérique ; depuis ces ulcérations se sont cicatrisées ; il y avait en outre un gonflement de tout le doigt, surtout au niveau de l'articulation des phalanges ; le pied droit est tout à fait plat, la voûte plantaire a disparu ; le pied gauche est varus et le malade marchait sur le bord extérieur du pied ; il y a un gonflement des deux articulations tibio-tarsiennes qui sont le siége de déformation.

Il y a de même une déformation notable au niveau du genou droit, et on reconnaît de ce côté un développement exagéré du condyle interne du tibia.

Depuis 68, époque à laquelle il travaillait à l'humidité dans les tanneries de Villefranche, il éprouve des douleurs en éclair dans les jambes et les genoux et à la partie antérieure des cuisses. Douleurs constrictives au niveau du thorax depuis février 79. Douleurs fulgurantes au niveau de la ceinture dont le point de départ serait en avant, mais qui ne vont pas jusqu'au sacrum, et douleurs du même genre dans les bras depuis mars 79.

Lorsque le malade est couché, l'exploration de la force indique qu'elle est parfaitement conservée; depuis février 79, il ne peut plus se tenir droit sans prendre un appui avec les membres supérieurs. Il y a même des troubles du côté des bras qui ont perdu de leur force ; il serre bien moins à droite qu'à gauche, et il lui est arrivé d'aider la main droite avec la main gauche.

Les réflexes rotuliens sont abolis. Le réflexe du crémaster est au contraire exagéré.

Lorsque, après l'occlusion des yeux, on engage le malade à porter le talon droit, par exemple, sur le cou-de-pied gauche, il ne peut le faire avec précision et dépasse le but; si on lui ordonne de lever la jambe à une certaine hauteur, il la dirige mal et est exposé à frapper les personnes qui se tiennent auprès du lit.

A l'exploration de la sensibilité, on ne note pas d'erreur de lieu et il désigne assez bien le siége de la piqûre.

Aux cuisses, les deux branches de l'œsthésiomètre sont reconnues avec un écartement de 0,02, aux jambes il en est de même, à la plante du pied gauche, il faut que les deux branches soient distantes de 0,07 et à la plante du pied droit de 0,03.

Il y a au contraite hypéresthésie, avec retard notable dans la perception, à la plante des pieds et au niveau des orteils. Le crachoir placé sur la jambe droite cause une impression de froid pénible. Un peu d'ambyopie en 73. En 72-73 et jusqu'en 76, on note de l'excitation génésique avec pollutions nocturnes fréquentes; actuellement l'état de ce sens semble être physiologique.

L'exploration du sens de la force des membres supérieurs chez ce malade donne les résultats suivants :

à droite	Poids initial	S'aperçoit de la présence de	10 gr.
	10 gr.	Reconnaît une augmentation de	5 gr.
	15 gr.	id. id.	5 gr.

Se fatigue très-vite, après un moment il ne s'aperçoit plus que les quinze grammes sont restées dans sa main.

à gauche	Poids initial	S'aperçoit de la présence de	5 gr.
	5 gr.	Reconnaît une augmentation de	2 gr.
	15 gr.	id. id.	5 gr.

Se fatigue très-vite,

OBS. III. — Ataxie locomotrice

(Salle Ste-Élisabeth, lit 13).

Pierre R..., 60 ans, de Villars-les-Dombes (Ain), marchand de vins. Père mort d'accident. Mère morte de vieillesse. Plusieurs frères et sœurs, sur le compte desquels on ne relève rien de particulier. Un frère épileptique est mort à 17 ans. A été soldat. Quelques excès alcooliques. Malade depuis 6 ans.

Sensation pénible de chaleur la nuit, douleurs fulgurantes depuis 6 ans, douleurs constrictives à la ceinture.

Depuis 3 ans, il marche difficilement ; mais au début de son affection il marchait bien. Les troubles de la locomotion ont d'abord apparu la nuit. A son entrée à l'hôpital, le 17 janvier de cette année, il ne pouvait faire trois pas entre les lits sans s'appuyer d'une main sur une canne et, de l'autre, aux barreaux des lits. Depuis, son état s'est un peu amélioré, et il peut actuellement se promener dans la cour en s'appuyant sur un bâton. Lorsqu'il est couché, et qu'après l'occlusion des yeux on l'invite à porter le talon gauche sur le cou-de-pied droit, il dépasse le but et va bien au-delà, ou, au contraire, reste bien en-deçà, croyant le mouvement achevé, tandis qu'il n'a parcouru environ que la moitié de la distance.

Le réflexe rotulien a disparu, le réflexe du crémaster est peu marqué.

Il arrive à ce malade de perdre ses jambes dans son lit ; quelquefois elles sont en dehors du lit, et il les croit au milieu. Il lui semble marcher sur du duvet brûlant. Lorsqu'on le touche sous la plante des pieds, il lui arrive de croire que c'est à la naissance de la jambe ou bien sur le pied. On note donc parfois de l'erreur de lieu ; hypéresthésie à la piqûre, surtout aux pieds. La perception de la sensation est notablement retardée ; de plus, il sent deux piqûres pour une seule faite en réalité. Il a peut-être encore davantage une hypéresthésie à la température. Si, après l'occlusion des yeux, on place son crachoir sur l'une de ses jambes, il ressent, *après un moment*, une sensation de froid très intense et très pénible, et qui dure quelque temps. Il éprouve, d'ailleurs, fréquemment des sensations subjectives de chaud et de froid, qu'il dit être très pénibles, et il a, en réalité, les pieds froids.

Trouble de la vue, qui est devenue moins bonne depuis qu'il est malade. Rien du côté de l'audition. Troubles de la miction, il y a deux ans. Rien du côté de la défécation.

L'exploration faite sur le sens de la force des membres supérieurs, chez ce malade, donne les résultats suivants :

à droite	Poids initial	S'aperçoit de la présence de		5 gr.
	5 gr.	Reconnaît une augmentation de		5 gr.
	50 gr.	id.	id.	15 gr.
à gauche	Poids initial	S'aperçoit de la présence de		5 gr.
	5 gr.	Reconnaît une augmentation de		5 gr.
	50 gr.	id.	id.	20 gr.

OBS. IV. — Ataxie locomotrice.

(Salle Sainte-Élisabeth n° 6.)

G. B. né à Villeurbanne (Rhône), 56 ans, garçon de bureau.

Mère morte d'une maladie aigüe. Père mort à 66 ans, probablement cardiaque; n'a eu qu'une sœur morte de suites de couche. A été soldat. Cet homme, chargé de faire les courses d'un huissier, a été souvent exposé au froid et à l'humidité. On relève dans son passé quelques excès de tout genre.

Comme antécédent pathologique on ne trouve qu'une sciatique ancienne guérie à son dire par une cautérisation de l'hélix, mais qui a laissé après elle une atrophie de la jambe droite ne remontant pas au-dessus du genou. Ajoutons qu'il a eu, il y a environ vingt ans, un chancre à la verge et des boutons sur le corps un mois après; il fut traité par un pharmacien.

Début de son affection actuelle il y a environ deux ans; à cette époque il s'est aperçu de crampes dans les jambes, de douleurs dans les genoux qu'il compare à des piqures d'épingles et qui duraient une à deux mitutes. Jamais de douleurs constrictives.

Il raconte qu'il était obligé de rentrer de bonne heure chez lui ; la nuit venue, il avait la plus grande peine à regagner son logis et prévoyait des chutes nombreuses; il avait aussi à ce moment du tremblement dans les membres supérieurs, tremblement qui n'a disparu que depuis un mois; il se fatiguait vite, mais marchait encore le jour en frappant du talon.

Lorsqu'il ne put plus marcher sans s'exposer à des chutes repetées même le jour, il vint à l'hôpital le 3 septembre 79 où il est en traitement depuis plusieurs mois. Actuellement il marche assez bien même sans appui en frappant du talon. Il croît qu'il pourrait marcher la nuit. Lorsque le malade est couché et qu'on pratique l'occlusion des yeux, si on l'invite à porter le talon droit, par exemple, sur le cou-de-pied gauche, il dépasse sensiblement le but. Le réflexe rotulien apparaît encore bien diminué à gauche lorsqu'on le cherche avec persistance, il semble aboli à droite. Le réfléxe du crémaster a une certaine intensité.

Au membre inférieur on remarque une plaque d'anesthésie au-dessus de la malléole externe, et un certain degré d'insensibilité au niveau du 2me orteil. Au pied gauche il y aurait plutôt un peu un peu d'hyperesthésie. Rien à la température. Rien aux membres supérieurs du côté de la sensibilité.

Il y a environ un an, sensation de coton sous les pieds, sensation qu'il conserve encore aujourd'hui, mais à un moindre degré. Nous parlerons du sens musculaire à la fin de l'observation.

Un peu d'amblyopie et un certain degré de myosis.

Quelques bourdonnements dans les oreilles au début de son affection, et qui n'ont pas duré longtemps.

Anaphrodisie depuis deux ans et troubles de la miction plus accentués au début, mais qui reparaissent encore de temps à autre. Constipation habituelle.

Quelques troubles gastro-intestinaux qui se traduisent par des digestions difficiles, du ballonnement du ventre et un certain degré d'anorexie.

L'exploration du sens de la force des membres supérieurs chez ce malade donne les résultats suivants :

à droite	Poids initial	S'aperçoit de la présence de		3 gr.
	3 gr.	Reconnaît une augmentation de		2 gr.
	50 gr.	id.	id.	3 gr.
	100 gr.	id.	id.	4 gr.

A gauche les résultats obtenus sont sensiblement les mêmes.

OBS. V. — Ataxie locomotrice.

(Salle Ste-Elisabeth, lit 37)

Ph. G... 38 ans, tisseur à Thizy (Rhône), entré le 7 février à l'hôtel-Dieu.

Il fait remonter le début de son affection à 72, époque à laquelle les douleurs fulgurantes font leur apparition.

En 73, hématémèse et probablement crises gastriques.

En 74, douleurs fulgurantes presque continues dans les membres inférieurs, qui obligent à garder le lit pendant trois mois.

Depuis, douleurs fulgurantes de temps à autre et affaiblissement des forces.

En 79, au mois de novembre, il ne peut plus marcher la nuit, mais il marchait encore bien le jour.

Au mois de décembre, sensation pénible de pesanteur dans la jambe droite, puis dans la jambe gauche.

A partir du 24 du même mois, il ne peut plus marcher (4 pastilles de potasse dans la région lombaire).

A la même époque, douleurs térébrantes dans la région ombilicale et douleurs constrictives au niveau des dernières côtes.

Actuellement, douleurs dans l'abdomen et la région ombilicale; il semble au malade qu'un poids comprime les parties douloureuses.

Le malade a bien conservé la sensation du contact; à la plante des pieds, il distingue deux piqûres avec l'œsthésiomètre si on écarte les branches de 0,03; aux jambes, il faut écarter les branches de 0,05 à 0,10, ce qui n'est pas toujours suffisant pour la jambe gauche, et aux cuisses il a fallu écarter les branches de 0,16.

Il convient de ne pas oublier dans cette exploration, que ce malade présente du retard des sensations, et au bout d'un moment il perçoit souvent les deux pointes alors qu'au premier abord il n'en percevait qu'une, il lui arrive même de percevoir la seconde lorsque le compas a été enlevé. Je note une autre particularité intéressante, c'est qu'après quelque temps les points qui ont supporté la pression des branches du compas deviennent très douloureux, le malade se plaint vivement de ce qu'on le fait souffrir, de plus ces points sont devenus rouges et se sont couverts de grosses papules. A la piqûre, au contraire, la sensibilité est émoussée; on peut enfoncer une épingle assez profondément à la région externe des jambes, sans qu'il accuse de douleur ou bien il a la sensation de simple contact, cette analgésie à la piqûre se retrouve à un degré bien moindre aux cuisses et n'existe plus du tout à la plante des pieds. Lorsqu'on tire les poils des jambes et des cuisses, il éprouve la sensation d'un simple contact; pour les piqûres également comme pour les sensations de contact, il y a un retard dans la perception.

Lorsque le malade marche sur le parquet, il n'a qu'une sensation de froid. Hypéresthésie très marquée à la température, lorsque je place un crachoir sur ses jambes, il exprime une douleur assez violente. Ce malade ne peut marcher, c'est à grande peine qu'il se tient un moment debout en prenant appui avec les membres supérieurs. Lorsqu'il est couché et qu'on lui fait fermer les yeux, les mouvements commandés sont mal exécutés, il dépasse le but qu'il veut atteindre; cela est surtout accentué à gauche. La force musculaire est médiocrement conservée, il résiste un peu mais il n'est pas besoin d'une force bien grande pour étendre ou fléchir malgré lui la jambe sur la cuisse; la jambe droite me paraît avoir un peu plus de force, ce que confirment les dires du malade.

Depuis qu'il est malade, il s'est aperçu d'un certain degré de tremblement dans les membres supérieurs; si on lui fait étendre les mains et écarter les doigts, il tremble comme un alcoolique; si on lui ordonne de porter l'extrémité de l'index sur le bout du nez, il n'y arrive pas exactement.

Le réflexe rotulien est aboli. Quelques douleurs en urinant et dans l'acte de la défécation.

Lors de son entrée à l'hôpital, il avait de la diplopie de l'œil droit qu'il a conservée encore environ deux mois. Pendant le cours de son affection, ce malade a considérablement maigri, il prétend que ses jambes étaient le double de ce qu'elles sont aujourd'hui :

L'exploration du sens de force des membres supérieurs chez ce malade donne les résultats suivants :

à droite	Poids initial	S'aperçoit de la présence de	5 gr.
	5 gr.	Reconnaît une augmentation de	5 gr.
	15 gr.	id. id.	7 gr.
	50 gr.	id. id.	10 gr.
	100 gr.	id. id.	15 gr.

à gauche	Poids initial	S'aperçoit de la présence de		3 gr.
	15 gr.	Reconnaît une augmentation de		3 gr.
	50 gr.	id.	id.	5 gr.
	100 gr.	id.	id.	10 gr.

Je vais donner maintenant les résultats que j'ai obtenus en explorant le sens de la force chez un malade atteint de paralysie réflexe et chez un hémiplégique. Les observations de ces deux malades me paraissent présenter un intérêt particulier.

OBS. VI. (1).

(Salle Ste-Elisabeth n° 12)

N. R., 54 ans, originaire du Jura, exerce la profession de peignier, a des attaques assez bien caractérisées d'angine de poitrine avec dysphagie et douleur dans l'épaule gauche ; bruit de souffle au premier temps, un peu rude et qui augmente lorsque le malade est penché en avant, on pense à un frottement péricardique. Il a présenté une insensibilité complète du membre gauche, qui a disparu sous l'influence de l'or ; au dynamomètre on obtient les renseignements suivants, la main gauche fait 75 et la main droite 135.

à droite	Poids initial	S'aperçoit de la présence de		1 gr.
	1 gr.	Reconnaît une augmentation de		1 gr.
	15 gr.	id.	id.	2 gr.
	50 gr.	id.	id.	2 gr.
	100 gr.	id.	id.	3 ou 4 gr.
à gauche	Poids initial	S'aperçoit de la présence de		4 gr.
	4 gr.	Reconnaît une augmentation de		5 gr.
	15 gr.	id.	id.	15 gr.
	50 gr.	id.	id.	40 gr.
	100 gr.	id.	id.	60 gr.

(1) Observation publiée par M. Garel. *Revue mensuelle* 1880, n° de Juin.

Je n'ai jamais trouvé le sens de la force atteint aussi profondément aux membres supérieurs.

OBSERVATION VII. — Ramolissement par embolie de la région corticale moyenne de l'hémisphère gauche. Insuffisance aortique.

(Salle Ste-Élisabeth nº 37)

J. M... meunier, 33 ans, né à Arthas Pont-Notre-Dame (Hte-Savoie) entré à l'hôpital le 27 février 1880.

En mai 78, au milieu de la nuit, le malade ressentit dans la face une gêne dans les mouvements avec un peu de douleur, à la suite de quoi il se rendormit ou perdit connaissance; le lendemain matin il lui fut impossible de se lever, il était paralysé du côté droit. Aphasie pendant six semaines.

Actuellement le malade remue assez bien la jambe droite. Il marche un peu en fauchant, et en même temps les orteils prennent la forme d'une griffe.

Du côté du membre supérieur, les mouvements volontaires de supination sont impossibles.

L'avant-bras est dans la pronation, la main tantôt pendante, tantôt dans l'extension moyenne. Les doigts se fléchissent par moment avec violence.

L'extension de l'avant-bras est difficile à cause de la contraction très-marquée du biceps. Pas de contracture dans les extenseurs.

La sensibilité ne présente qu'une légère diminution dans les membres du côté droit ainsi que du côté droit de la face. La trépidation musculaire provoquée est très-accusée dans la jambe.

Dans le bras c'est un phénomène identique. Le malade ressent des fourmillements dans les deux jambes, mais beaucoup plus accentués dans la droite. Très-souvent il a des mouvements convulsifs dans les deux membres paralysés. Reflexe rotulien très-exagéré à droite. La langue ne semble pas déviée. Les mouvements de la face sont difficiles du côté droit. La jambe n'est pas atrophiée, le bras est atrophié. Fonctions intellectuelles intactes.

Je ne puis soumettre que le bras gauche à l'exploration, le bras droit est inerte.

Poids initial	S'aperçoit de la présence de		4 gr.
4 gr.	Reconnaît une augmentation de		3 gr.
15 gr.	id.	id.	10 gr.
50 gr.	id.	id.	15 gr.
100 gr.	id.	id.	20 gr.

Il éprouve parfois des douleurs dans le bras gauche.

Cette observation prouve que chez un hémiplégique le membre homologue du membre hémiplégié peut être troublé dans ses innervations.

Voici maintenant deux observations recueillies chez des épileptiques.

OBS. VIII. — Epilepsie.

(Salle Ste-Élisabeth, lit 45.)

R. J. né à St-Didier (Haute-Loire) cuisinier, 30 ans, entré à l'Hôtel-Dieu le 29 mai 1880.

Il y a neuf mois, première attaque avec perte de connaissance pendant près de 8 heures; le malade ressentit d'abord comme un éblouissement, des bourdonnements dans les oreilles avec céphalalgie intense, puis il perdit connaissance et tomba; quand il revint à lui, il éprouva une grande faiblesse qui disparut insensiblement. Ces attaques se sont répétées depuis quatre ou cinq fois et surprenaient le malade principalement dans la rue.

Dans l'intervalle de ces attaques, céphalalgie persistante, tête lourde et somnolence continuelle, le malade a toujours envie de dormir.

Ce malade a pris une crise bien caractérisée, hier soir en notre présence.

	Poids initial	S'aperçoit de la présence de		1 gr.
à droite	1 gr.	Reconnaît une augmentation de		1 gr.
	15 gr.	id.	id.	1 gr.
	50 gr.	id.	id.	1 gr.
	100 gr.	id.	id.	2 gr.

Les chiffres obtenus sont sensiblement les mêmes à gauche.

OBS. IX. — ÉPILEPSIE D'ORIGINE TRAUMATIQUE.

(Salle Sainte-Élisabeth, lit 15.)

Sch. Henry, né à Lyon, employé de commerce, 31 ans, entré le 28 février 1880.

Ce malade a reçu pendant la guerre de 70 un coup de sabre dans la région du pariétal gauche. Il perdit immédiatement connaissance et fut trouvé presque gelé, il reprit connaissance huit jours après l'accident. A l'hôpital de Lille où il fut ensuite transporté, le médecin aurait dit qu'il ne restait que l'épaisseur d'une feuille de papier à cigarette à traverser pour arriver sur le cerveau. Après six mois, il prend son exeat ne conservant qu'un ronflement continuel dans la tête. En juin 71, après quelques jours de malaise, il perd complétement la raison et il reste dans cet état pendant un mois environ, il demeure trois mois à l'hôpital à cette occasion. Dix jours après, première attaque épileptique, le malade ne peut dire s'il en a eu à l'hôpital.

Depuis, nombreuses attaques espacées par un laps de temps variant de 5 jours à 1 mois.

Cet état dure 18 mois, le coma devient de moins en moins long et les crises disparaissent complêtement au printemps 73. Cependant de temps à autre, le malade a des vertiges en moyenne tous les mois et de fréquents maux de tête. En mai 79, sans cause appréciable, le malade eut une nouvelle attaque épileptique; il n'en avait pas eu depuis 73.

Traitement par le bromure pendant un mois dans le service de M. Rambaud. A la fin de septembre, nouvelle attaque et nouveau séjour dans le service de M. Rambaud, il prend de nouveau du bromure, il y reste jusqu'au 8 février présentant des attaques tous les 4 ou 5 jours; il part pour Longchène après une guérison apparente de 20 jours; à Longchène on supprime tout traitement, et il a trois attaques en 15 jours. Il sort le 25 février et le 28 dans la nuit il est apporté à l'Hôtel-Dieu dans le plus profond coma, il fut tout étonné de s'éveiller dans une salle d'hôpital.

Actuellement, on remarque sur le côté droit du crâne, à trois centimètres au dessus de l'oreille, une cicatrice oblique du haut en bas et d'avant en arrière; elle a une longueur de quatre centimètres. Il est de plus atteint de paralysie faciale dont il ignore complètement le début. Rien dans les membres, sensibilité conservée.

	Poids initial			
à droite	Poids initial	S'aperçoit de la présence de		2 gr.
	2 gr.	Reconnaît une augmentation de		1 gr.
	15 gr.	id.	id.	1 gr.
	50 gr.	id.	id.	2 gr.
	100 gr.	id.	id.	3 gr.
	500 gr.	id.	id.	6 gr.

	Poids initial			
à gauche	Poids initial	S'aperçoit de la présence de		2 gr.
	2 gr.	Reconnait une augmentation de		1 gr.
	15 gr.	id.	id.	2 gr.
	50 gr.	id.	id.	3 gr.
	100 gr.	id.	id.	4 gr.
	500 gr.	id.	id.	6 gr.

Je vais maintenant examiner l'état du sens de la force chez un convalescent de fièvre typhoïde dans une myélite lombaire ancienne, chez un malade atteint de lésions cérébro-spinales, sous l'influence de la syphilis, et chez un névropathe dont la sensibilité générale est altérée.

OBS. X.

Convalescent de fièvre typhoïde, un jeune homme de 20 ans.

à droite	Poids initial	S'aperçoit de la présence de		2 gr.
	2 gr.	Reconnaît une augmentation de		1 gr.
	15 gr.	id.	id.	1 gr.
	50 gr.	id.	id.	3 gr.
	100 gr.	id.	id.	7 gr.
à gauche	Poids initial	S'aperçoit de la présence de		3 gr.
	3 gr.	Reconnaît une augmentation de		1 gr.
	15 gr.	id.	id.	2 gr.
	50 gr.	id.	id.	3 gr.
	100 gr.	id.	id.	5 gr.

OBS. XI. — Myélite lombaire.

(Salle Sainte-Elisabeth n° 9.)

Pierre G. né à Domène (Isère), chauffeur, 54 ans.

Entré le 1er octobre 79.

Peu de temps après le début de son affection survenue, à la suite d'un séjour dans un puits, il lui semblait marcher sur du coton ou sur du liége; la vue lui semblait aussi diminuée et dans l'obscurité ses mouvements perdaient toute assurance; quand on lui commande de marcher les yeux fermés, il titube et se laisserait tomber. La sensibilité semble intacte, il dit cependant mieux sentir dans la jambe droite. La force musculaire est absolument intacte.

Après un séjour à Longchène il revient à l'hôpital à la date du 16 avril 80 et à cette époque on ne note pas de troubles de sensibilité. Le réflexe rotulien est normal.

à droite	Poids initial	S'aperçoit de la présence de		3 gr.
	3 gr.	Reconnaît une augmentation de		2 gr.
	15 gr.	id.	id.	2 gr.
	50 gr.	id.	id.	3 gr.
	100 gr.	id.	id.	4 gr.

à gauche	Poids initial	S'aperçoit de la présence de		3 gr.
	3 gr.	Reconnaît une augmentation de		2 gr.
	15 gr.	id.	id.	3 gr.
	50 gr.	id.	id.	4 gr.
	100 gr.	id.	id.	6 gr.

OBS. XII

(Salle Sainte-Élisabeth n° 32.)

Malade dans la force de l'âge, atteint de lésions syphilitiques diffuses cérébro-spinales avec *titubation des plus prononcée* et tendance à tomber à à gauche. La sensibilité générale est intacte et la force est assez bien conservée.

à droite	Poids initial	S'aperçoit de la présence de	3 gr.
	3 gr.	Reconnaît une augmentation de	2 gr.
	15 gr.	id. id.	2 gr.
	50 gr.	id. id.	4 gr.
	100 gr.	id. id.	12 gr.
à gauche	Poids initial	S'aperçoit de la présence de	3 gr.
	3 gr.	Reconnaît une augmentation de	1 gr.
	15 gr.	id. id.	1 gr.
	50 gr.	id. id.	4 gr.
	100 gr.	id. id.	10 à 12 gr.

La sensibilité générale est intacte.

OBS. XIII. — SYMPTÔMES DE NÉVROPATHIE CONSÉCUTIFS A UNE BLESSURE DE L'AVANT-BRAS DROIT N'AYANT PROBABLEMENT PAS INTÉRESSÉ LE CUBITAL.

(Salle Sainte-Élisabeth nº 14)

M. B. né à Saint-Romain-en-Jarret, cultivateur, 19 ans, entré le 19 mai 1880

Il présente actuellement une grande diminution de la force musculaire dans le bras droit; sensibilité très-obscure dans tout le membre supérieur droit, au côté droit de la poitrine, au côté gauche de la face et dans tout le membre inférieur gauche. La langue est également insensible aux piqûres.

Diminution considérable de la force musculaire à la jambe gauche. Ce malade est sensible au cuivre.

à droite	Poids initial	S'aperçoit de la présence de	3 gr.
	3 gr.	Reconnaît une augmentation de	1 gr.
	15 gr.	id. id.	2 gr.
	50 gr.	id. id.	3 gr.
	100 gr.	id. id.	3 gr.

à gauche	Poids initial	S'aperçoit de la présence de		2 gr.
	2 gr.	Reconnaît une augmentation de		1 gr.
	15 gr.	id.	id.	1 gr.
	50 gr.	id.	id.	2 gr.
	100 gr.	id.	id.	3 gr.

Chez ce malade la force musculaire et la sensibilité générale sont notablement altérées et dans le membre supérieur droit, le sens de la force est aussi un peu moins délicat à droite, sans qu'il y ait toutefois une bien grande différence.

§ 3me. — Explorations du sens de la force des différents doigts

Dans un paragraphe complémentaire de nos recherches sur les membres supérieurs, je donne un résumé d'explorations faites dans le but de déterminer le sens musculaire de chaque doigt.

Le petit appareil dont je me sers se compose d'un plateau très léger emprunté aux balances qui servent de jouet aux enfants et que je fixe à l'aide d'un lac au doigt à explorer.

Il semble au premier abord qu'une semblable manière de faire doive entacher forcément les résultats d'erreur et qu'elle soit plus propre à déterminer la sensibilité à la pression que le sentiment de l'effort musculaire.

Sans vouloir nier cette cause d'erreur d'une façon absolue, je la pense moins importante et je justifie cette manière de voir en faisant remarquer simplement que j'ai soin de placer le lac suspenseur au niveau du pli articulaire qui sépare la troisième phalange de la deuxième ; à cet endroit, la sensibilité paraît peu exaltée et en tout cas elle est vraisemblablement la même pour tous les doigts, ce qui permet toujours de comparer les résultats.

Cela dit, je donne sans autres prolégomènes le détail de quelques unes de mes observations.

Voici ce qui m'a paru un type physiologique :

Etudiant.

Au pouce, il est sensible au poids de 2 gr.

A l'index, il reconnaît bien 1 gr.

Au médius, il reconnaît encore 1 gr.

A l'annulaire, il n'est sensible qu'à 2 gr.

A l'auriculaire, il reconnaît d'une façon douteuse 1 gr.

A droite et à gauche, les résultats sont identiquement les mêmes.

Chez ce sujet, l'index est le doigt qui apprécie le mieux, le médius vient ensuite, le pouce et l'annulaire apprécient mal, l'auriculaire sans apprécier aussi bien que l'index et le médius apprécie mieux que le pouce et l'annulaire.

A l'occasion de cette première expérience, je dirai que je fais toujours soulever le plateau et que je n'inscris des résultats qu'autant que l'addition du poids a été reconnue et *aussi sa soustraction signalée.*

Recopier la plupart de mes observations physiologiques faites sur des étudiants par exemple, ne serait guère que répéter assez exactement le détail de l'expérience ci-dessus. Je me bornerai à dire que dans un certain nombre de cas, l'annulaire se rapproche du médius par sa sensibilité et l'auriculaire du pouce par son peu de sensibilité; on a alors un type physiologique assez fréquent dans lequel le pouce et l'auriculaire sentent mal, l'index bien, le médius et l'annulaire assez bien.

Etudiant.

Au pouce reconnaît seulement 2 gr.

A l'index reconnaît 1 gr.

Au médius reconnaît 1 gr.

A l'annulaire reconnaît 1 gr.

A l'auriculaire ne reconnaît guère que 2 gr.

Résultats identiques à droite et à gauche.

Il est indubitable pour le sujet en expérience que l'index a une sensibilité supérieure à celle du médius et de l'annulaire, et les interrogations sont suivies de réponses immédiates lorsqu'on explore l'index.

Je remarque deux cas, chez un cardiaque avec albuminurie, et chez un étudiant, où le médius est le doigt qui a le moins de sensibilité à droite et à gauche, sans que rien ne donne l'explication de cette sorte d'anomalie.

Chez un autre sujet apprêteur d'étoffes et phymique, l'annulaire et l'auriculaire étaient les deux doigts qui avaient le plus de sensibilité, à l'encontre de ce qu'on observe habituellement.

Chez les gens aux mains calleuses, accoutumées à de rudes travaux, le sens de la force est altéré surtout à droite, sans doute parce que cette main est la plus éprouvée. Exemple : un garçon de ferme qui dit avoir contracté une pneumonie dont il est guéri en tirant une partie de la journée la lourde chaîne d'un puisard.

Au pouce reconnaît seulement	5 gr.
A l'index reconnaît . . .	2 gr.
Au médius.	3 gr.
A l'annulaire	2 gr.
A l'auriculaire.	4 gr.
	(à droite)

A tous les doigts de la main gauche, il reconnaît d'une façon égale 2 grammes.

Chez deux tisseurs, dont suivent les observations, le sens de la force des doigts semblait moins délicat à droite qu'à gauche ; ils m'ont dit à ce propos qu'ils employaient plutôt la main droite lorsqu'ils avaient besoin de déployer une certaine force et réservaient la main gauche pour les circonstances qui réclamaient plutôt de la délicatesse.

Premier Tisseur, atteint d'ulcère de l'estomac.

A DROITE

Au pouce reconnaît	2 gr.
A l'index	1 gr.
Au médius, guère que	2 gr.
A l'annulaire . . .	1 gr.
A l'auriculaire. . .	2 gr.

A GAUCHE

Au pouce reconnaît .	1 gr.
A l'index	1 gr.
Au médius. . . .	2 gr.
A l'annulaire . . .	1 gr.
A l'auriculaire. . .	1 gr.

Deuxième Tisseur, atteint d'hypertrophie du foie.

A DROITE

Au pouce reconnaît . .	2 gr.
A l'index à peine . . .	2 gr.
Au médius reconnaît . .	2 gr.
A l'annulaire.	2 gr.
A l'auriculaire	1 gr.

A GAUCHE

Au pouce reconnaît. . .	1 gr.
A l'index	1 gr.
Au medius.	1 gr.
A l'annulaire.	2 gr.
A l'auriculaire	1 gr.

Il est à remarquer encore que chez eux le pouce paraît plus sensible que dans le type physiologique ordinaire, au moins à gauche.

J'ai noté plusieurs fois que les doigts, qui avaient été autrefois le siége de coupures un peu profondes, avaient une sensibilité inférieure à celle du type physiologique. Je remarque chez un sujet un index qui a été sensible seulement à 3 grammes, il appartient à un jeune typographe en convalescence de fièvre typhoïde; j'ai appelé son attention sur ce fait, et il s'est souvenu que ce doigt avait été le siége d'un panaris; on découvrait encore une cicatrice ancienne en partie effacée.

Chez un homme encore jeune atteint de péritonite chronique et guéri depuis quelques années d'un mal de Pott cervical avec hémiplégie droite, j'ai obtenu les résultats suivants : à droite tous les doigts sont sensibles seulement à 2 gr, tandis qu'à gauche ils reconnaissent tous 1 gr. excepté le pouce qui ne reconnait que 2 gr.

OBS. XIV. — Rhumatisme cervical.

(Salle Ste-Elisabeth n° 18.)

A. J. né à Mazamet (Tarn) papetier, 42 ans, entré à l'hôpital le 26 mai 80.

Ce malade a subi, il y a plus de vingt ans, un traumatisme à la jambe droite ; la cicatrice se réouvrit quelques temps après à la suite d'une marche forcée, et il eut alors une rétraction de tout le membre inférieur droit ; il explique bien que la jambe était fléchie sur la cuisse et la cuisse sur le bassin, à tel point qu'il eut des plaies au niveau des plis articulaires, soit au creux poplité, soit à l'aîne.

J'obtiens ce qui suit :

A DROITE

Le pouce ne reconnaît que .	4 gr.
l'index	2 gr.
le médius	3 gr.
l'annulaire.	3 gr.
l'auriculaire.	3 gr.

A GAUCHE

Le pouce reconnaît	2 gr.
l'index	1 gr.
le médius	2 gr.
l'annulaire	2 gr.
l'auriculaire	2 gr.

Malade de l'observation VI.

A DROITE

Le pouce reconnaît.	1 gr.
l'index	1 gr.
le médius	4 gr.
l'annulaire	1 gr.
l'auriculaire	1 gr.

A GAUCHE

Le pouce reconnaît	5 gr.
l'index	2 gr.
le médius	8 gr.
l'annulaire	4 gr.
l'auriculaire	6 gr.

Ainsi que je l'ai dit plus haut, l'observation de ce malade a été publiée par M. Garel dans la *Revue mensuelle* de juin 1880.

X. B. né à Aps (Ardèche) malade de l'observation I.

A DROITE

Le pouce reconnaît	3 gr.
l'index	2 gr.
le médius	3 gr.
l'annulaire	5 gr.
l'auriculaire	3 gr.

A GAUCHE

Le pouce reconnaît	3 gr.
l'index	3 gr.
le médius	3 gr.
l'annulaire	3 gr.
l'auriculaire	4 gr.

Le malade de l'Observation IV présente à peine du côté gauche une légère atteinte du sens de la force des doigts

Malade de l'Observation III.

A DROITE

Le pouce reconnaît seulement. .	9 gr.
l'index.	6 gr.
le médius	8 gr.
l'annulaire	9 gr.
l'auriculaire	9 gr.

A GAUCHE

Le pouce reconnaît	3 gr.
l'index.	3 gr.
le médius	4 gr.
l'annulaire	3 gr.
l'auriculaire	9 gr.

Malade de l'Observation II.

A DROITE

Le pouce reconnaît	2 gr.
l'index	1 gr.
le médius	4 gr.
l'annulaire	5 gr.
l'auriculaire	1 gr.

A GAUCHE

Le pouce	1 gr.
l'index	2 gr.
le médius	2 gr.
l'annulaire	1 gr.
l'auriculaire.	2 gr.

Malade de l'Observation V.

A DROITE

Le pouce reconnaît	2 gr.
l'index	1 gr.
le médius	2 gr.
l'annulaire	1 gr.
l'auriculaire	2 gr.

A GAUCHE

Le pouce reconnaît	3 gr.
l'index	2 gr.
le médius	2 gr.
l'annulaire	2 gr.
l'auriculaire	1 gr.

§ 4me — Recherches sur le sens de la force des membres inférieurs

Le professeur Jaccoud, après avoir fait observer que chez les ataxiques le sens musculaire des membres inférieurs est généralement atteint, indique une méthode pour l'interroger. « Cette méthode, ajoute« t-il, est incommode, peu pratique, mais je n'en sais « pas d'autre. » Il faut avouer que sa manière de faire crée des embarras assez sérieux à l'expérimentateur et au patient pour empêcher la vulgarisation des recherches de cette nature. J'ose espérer que la méthode si simple que j'ai indiquée et qui n'oblige en aucune façon le malade à une position désagréable ou fatiguante contribuera à rendre les explorations plus faciles et moins rares.

Dans toutes mes explorations, les poids ont été placés sur un petit plateau du poids de 30 grammes ou exceptionnellement, et dans ce cas j'en tiendrai compte, sur un plateau plus grand du poids de 750 grammes. Je n'inscrirai que des résultats *dont la contre-épreuve aura été faite*, c'est-à-dire qu'il ne me suffit pas que le sujet en expérience ait constaté la présence du poids additionnel, mais il faut qu'*il se soit aperçu de son absence lorsque je l'ai enlevé*. Il convient de toujours commencer par faire apprécier le plateau vide ; lorsqu'on est bien fixé sur la sensation perçue le plateau étant vide, on reconnaît un poids bien inférieur à celui qui est reconnu dans le cas contraire.

Je donne en détail quelques-uns des types qui m'ont paru le plus physiologiques et dont j'ai estimé les chiffres les plus à l'abri de tous reproches.

Etudiant.

Il reconnaît la présence du plateau. Avec 20 ou 30 grammes, il s'aperçoit de la présence d'un poids et reconnaît lorsqu'on l'enlève.

Poids initial			
200 gr.	Reconnaît une augmentation de		20 gr.
500 gr.	id.	id.	20 gr.
1,000 gr.	id.	id.	20 gr.
2,000 gr.	id.	id.	20 gr.

Les mêmes renseignements sont donnés à gauche.

C'est, à son dire, le côté gauche qui lui donne les renseignements les plus nets.

La même masse additionnelle lui paraît mieux perçue avec des poids plus lourds.

C'est là d'ailleurs un type assez sensible.

Malade de l'observation VIII.

	Poids initial			
à droite	Poids initial	Est sensible à la présence de		10 gr.
	10 gr.	Reconnaît une augmentation de		20 gr.
	200 gr.	id.	id.	30 gr.
	500 gr.	id.	id.	30 gr.
	2.000 gr.	id.	id.	40 gr.
à gauche	Poids initial	Est sensible à la présence de		10 gr.
	10 gr.	Reconnaît une augmentation de		20 gr.
	200 gr.	id.	id.	20 gr.
	500 gr.	id.	id.	20 gr.
	1,000 gr.	id.	id.	20 gr.
	2,000 gr.	id.	id.	20 gr.

A 500 gr., à 1,000 gr. et à 2,000 gr., il est quelquefois sensible à une augmentation seulement de 10 gr.

On voit donc qu'on est aussi sensible à droite qu'à gauche et que, s'il y avait un avantage, ce serait plutôt pour le côté gauche.

On voit, en outre, que les masses additionnelles perçues n'augmentent pas avec le poids.

(Salle Sainte-Elisabeth, lit 32.)

Malade de l'observation XII.

Ce malade, qui a eu la syphilis, marche en titubant.

à droite	Poids initial	Est sensible à la présence de		50 gr.
	50 gr.	Reconnaît une augmentation de		30 gr.
	200 gr.	id.	id.	50 gr.
	500 gr.	id.	id.	50 gr.
	1,000 gr.	id.	id.	70 gr.
	2,000 gr.	id.	id.	110 gr.
à gauche	Poids initial	Est sensible à la présence de		20 gr.
	20 gr.	Reconnaît une augmentation de		20 gr.
	200 gr.	id.	id.	30 gr.
	500 gr.	id.	id.	40 gr.
	1,000 gr.	id.	id.	70 gr.
	2,000 gr.	id.	id.	80 gr.

Dans cette observation, l'avantage est pour le côté gauche, mais ce n'est point là une règle ; tout ce qu'on peut dire, c'est que le sens de force est égal à droite et à gauche et que, s'il y a quelquefois un avantage pour l'un des deux côtés, c'est plutôt pour le gauche.

Malade de l'observation XIII.

à droite	Poids initial	Est sensible à la présence de		30 gr.
	30 gr.	Reconnaît une augmentation de		30 gr.
	500 gr.	id.	id.	50 gr.
	1,000 gr.	id.	id.	80 gr.
	2,000 gr.	id.	id.	70 gr.
à gauche	Poids initial	Est sensible à la présence de		30 gr.
	30 gr.	Reconnaît une augmentation de		30 gr.
	200 gr.	id.	id.	30 gr.
	500 gr.	id.	id.	30 gr.
	1,000 gr.	id.	id.	50 gr.
	2,000 gr.	id.	id.	110 gr.

Ces deux dernières observations montrent les différences minimum perçues, augmentant avec le poids. C'est un fait qu'on ne saurait ériger en règle, mais que j'ai rencontré assez fréquemment.

Le professeur Jaccoud n'a point fait cette remarque et il y aurait peut-être lieu de rectifier dans certains cas ses indications à ce point de vue.

Malade de l'observation IX.

à droite	Poids initial	Est sensible à la présence de		30 gr.
	30 gr.	Reconnaît une augmentation de		20 gr.
	200 gr.	id.	id.	40 gr.
	500 gr.	id.	id.	40 gr.
	1,000 gr.	id.	id.	40 gr.
	2,000 gr.	id.	id.	40 gr.

A gauche les résultats sont identiquement les mêmes.

C'est avec 1000 gr. qu'il reconnait le plus difficilement la masse additionnelle.

(Salle Sainte-Elisabeth, lit 7.)

Péritonite chronique, ancien mal de Pott cervical guéri ; il a eu autrefois une hémiplégie droite mais la jambe a recouvré à peu près tous ses pouvoirs (déjà étudié dans le paragraphe précédent).

à droite	Poids initial	Est sensible à la présence de		70 gr.
	70 gr.	Reconnait une augmentation de		20 gr.
	200 gr.	id.	id.	20 gr.
	500 gr.	id.	id.	20 gr.
	1,000 gr.	id.	id.	20 gr.
	,000 gr.	id.	id.	30 gr.

	Poids initial			
à gauche		Est sensible à la présence de		50 gr.
	50 gr.	Reconnaît une augmentation de		20 gr.
	200 gr.	id.	id.	20 gr.
	500 gr.	id.	id.	25 gr.
	1,000 gr.	id.	id.	25 gr.
	2,000 gr.	id.	id.	20 gr.

Etudiant.

	Poids initial			
à droite		Est sensible à la présence de		170 gr.
	170 gr.	Reconnaît une augmentation de		50 gr.
	500 gr.	id.	id.	30 gr.
	1,000 gr.	id.	id.	30 gr.
	2,000 gr.	id.	id.	30 gr.
à gauche		Est sensible à la présence de		170 gr.
	170 gr.	Reconnaît une augmentation de		30 gr.
	500 gr.	id.	id.	20 gr.
	1,000 gr.	id.	id.	20 gr.
	2,000 gr.	id.	id.	20 gr.

Il a plus de sensibilité à gauche qu'à droite et reconnaît des masses additionnelles moindres avec des poids plus lourds.

Etudiant.

Reconnaît la présence du plateau.

Pour peu que l'on place 30 gr. dans le plateau on reconnaît une augmentation, c'est-à-dire que l'on affirme la présence d'un poids.

Poids initial			
50 gr.	Reconnaît une augmentation de		20 gr.
500 gr.	id.	id.	30 gr.
1,000 gr.	id.	id.	30 gr.

A gauche, les résultats sont sensiblement les mêmes.

Malade de l'observation VII.

à droite	Poids initial	Est sensible à la présence de		50 gr.
	50 gr.	Reconnaît une augmentation de		50 gr.
	500 gr.	id.	id.	50 gr.
	1,000 gr.	id.	id.	50 gr.
	2,000 gr.	id.	id.	100 gr.

A gauche les résultats sont sensiblement les mêmes.

On se rappelle sans doute que ce malade avait un trouble du sens de la force au membre supérieur; on pourrait arguer de cela contre ceux qui croient que le sens de la force est de nature psychique puisque le sens de la force est, dans ce cas, diminué pour les membres supérieurs et pas pour les membres inférieurs, mais en y réfléchissant on voit que cela ne peut témoigner contre la nature psychique du sens de la force, attendu qu'avec la théorie des localisations, il se peut très bien que le centre soit réparé.

(Salle Sainte-Elisabeth, lit 40.)

Hémoglobinurie.

à droite	Poids initial	Est sensible à la présence de		40 gr.
	40 gr.	Reconnaît une augmentation de		30 gr.
	200 gr.	id.	id.	30 gr.
	500 gr.	id.	id.	30 gr.
	1,000 gr.	id.	id.	70 gr.
à gauche	Poids initial	Est sensible à la présence de		50 gr.
	50 gr.	Reconnaît une augmentation de		50 gr.
	200 gr.	id.	id.	70 gr.
	500 gr.	id.	id.	100 gr.
	1,000 gr.	id.	id.	150 gr.

Chez ce malade, le côté droit a plus de sensibilité que le gauche et les masses additionnelles pour être perçues doivent être augmentées avec les poids.

(Salle Sainte-Elisabeth, lit 39.)

Néphrite interstitielle.

	Poids			
à droite	Poids initial	Est sensible à la présence de		50 gr.
	50 gr.	Reconnaît une augmentation de		40 gr.
	200 gr.	id.	id.	70 gr.
	500 gr.	id.	id.	80 gr.
	1,000 gr.	id.	id.	70 gr.
à gauche	Poids initial	Est sensible à la présence de		40 gr.
	40 gr.	Reconnaît une augmentation de		50 gr.
	500 gr.	id.	id.	50 gr.
	1,000 gr.	id.	id.	70 gr.

Étudiant.

	Poids			
à droite	Poids initial	Est sensible à la présence de		100 gr.
	100 gr.	Reconnaît une augmentation de		50 gr.
	500 gr.	id.	id.	50 gr.
	1,000 gr.	id.	id.	70 gr.
à gauche	Poids initial	Est sensible à la présence de		100 gr.
	100 gr.	Reconnaît une augmentation de		50 gr.
	500 gr.	id.	id.	100 gr.
	1,000 gr.	id.	id.	150 gr.

Il convient de se méfier d'un premier examen, le malade est surpris et ne sait ce qu'on lui demande.

Il convient ensuite de se placer toujours dans les

mêmes conditions d'exploration, les résultats changent si le manuel opératoire varie.

Au début de mes recherches, je me servais d'une traverse de bois fixée aux montants du lit; sur cette traverse, vers son milieu, était fixée une poulie dans la gorge de laquelle courait une corde dont l'une des extrémités retenait le plateau destiné aux poids, tandis que l'autre tirait sur le sous-pied d'une sorte de genouillère prenant appui sur le bas de la jambe, le talon et le cou-de-pied.

Différentes raisons nous ont fait renoncer à cet appareil; il y avait là une question de traction, de frottement de la corde contre la poulie, de poids suspendu à l'aide d'une corde relativement très longue; il suscita de la part de mes camarades plusieurs observations, et beaucoup pensèrent que mes résultats seraient de nature à être contestés. Enfin il était peu pratique et nullement propre à rendre ce genre de recherches plus habituel.

J'avais constaté, en outre, que les résultats obtenus variaient avec la longueur de la corde employée.

J'ai dû, du même coup, abandonner les chiffres que j'avais recueillis à l'aide de cet appareil parce qu'ils ne concordaient pas du tout avec ceux que m'a donnés le mode opératoire employé en dernier lieu.

Ainsi donc, quel que soit le procédé employé, on pourra toujours comparer entre eux les résultats obtenus, leur valeur relative sera évidemment la même. Mais il ne faudra jamais, et c'est ce que j'ai voulu établir par ces réflexions, comparer entre eux des résultats obtenus avec des méthodes d'explorations différentes, quelque légère qu'ait pu être, d'ailleurs, la modification apportée.

Voilà pourquoi, si mes chiffres diffèrent quelquefois de ceux donnés par M. Jaccoud, je ne conteste en aucune façon ces derniers et pour la même raison il ne serait pas juste de rejeter les miens sous prétexte que le professeur de Paris a dû voir mieux que moi. M. Jaccoud fixe des sacs au cou-de-pied, je suspends un plateau au niveau de la jarretière, il fait redresser la jambe primitivement fléchie, je fais élever la jambe rectiligne ; tout d'abord, nous n'expérimentons pas dans des conditions tout à fait identiques, je dis que nos résultats ne doivent donc pas toujours être identiques. Avec mon premier appareil, lorsque je me servais d'une corde moitié moins longue, je percevais des poids moitié moindres.

Il faut donc avoir soin de faire reconnaître le plateau vide si l'on veut noter exactement le poids minimum perçu. Il convient en outre de se méfier d'un premier examen, de se placer toujours dans des conditions identiques, si l'on veut pouvoir comparer les résultats obtenus, de se souvenir que le sens de la force se fatigue vite et que le sujet en expérience devient plus habile à la suite d'explorations répétées.

On pourra trouver des résultats variables suivant les jours, sans que rien puisse expliquer ces différences ; tous les jours nous relevons des faits de même ordre. Prenez l'habitude d'explorer tous les matins votre force au dynamomètre, au bout de quelques jours vous irez plus loin, mais vous n'obtiendrez pas tous les jours des résultats identiques et vous trouverez quelques fois des différences marquées, sans que rien dans votre état ou dans votre hygiène puisse vous donner la clef de ce phénomène. On pourrait d'ailleurs faire des remarques analogues pour chacun de nos sens ou nos différents modes d'activité.

Malade de l'Observation V.

J'ai pratiqué sur ce malade de nombreuses explorations qui me permettent de conclure que, chez lui, le sens de la force est très altéré.

Je ne tiens aucun compte des premières explorations faites avec le premier appareil dont j'ai parlé.

Exploration XI. — *A droite.* Reconnaît 1000 gr. A 1000 gr. reconnaît une augmentation de 1500 gr.

A gauche. — Ne reconnaît que 2500 gr.

Cette exploration a été précédée d'une séance d'électrisation.

Il a bien en effet plus d'ataxie à gauche qu'à droite, il dirige encore un peu sa jambe droite dans les épreuves indirectes, mais ne dirige en aucune façon sa jambe gauche.

Exploration XII. — *A droite.* Il a reconnu une addition de 1000 gr.

Pour le reste mêmes résultats.

Exploration XIII. — Comme la douzième. J'insiste sur ce fait, qu'à gauche le malade ne fait aucune différence entre le plateau vide et le plateau chargé de 2500 gr.

Exploration XIV. — *A droite.* Il est sensible à la présence de 700 à 800 gr., il nous a paru reconnaître une différence avec 500 gr. en plus.

A gauche. Il a reconnu 1500 gr.

Les renseignement donnés par ces explorations sont incomplets parce qu'il se fatigue très-vite et que je ne puis les prolonger.

On dirait que sous l'influence de l'électricité (je l'ai électrisé avant chaque exploration), et de la répétition des explorations, la sensibilité musculaire apparaît moins altérée. J'ai été obligé de suspendre mes recherches parce que les douleurs fulgurantes tourmentent ce malade.

Dans les explorations réitérées que j'avais pratiquées à l'aide de l'appareil que j'ai mis de côté et dont je ne parlerai pas autrement, j'avais déjà remarqué chez plusieurs ataxiques des faits de ce genre, la sensibilité musculaire paraissait moins altérée après quelques temps.

Malade de l'Observation I.

J'ai examiné ce malade au début de mes recherches avec le premier appareil dont je me servais, et j'avais conclu, après des explorations répétées, que le sens musculaire était chez lui, à peu de chose près, à l'état physiologique. Quelques fois, cependant, j'ai noté à cette époque comme une défaillance de ce sens, une obnubilation passagère, que je ne pouvais rattacher à rien. Actuellement, il lui arrive encore de me donner fréquemment des renseignements contradictoires ; dans le même examen, il lui arrive de ne pas reconnaître ce qu'il avait déjà reconnu, ou de reconnaître des poids qu'il venait de laisser passer inaperçus. Je crois qu'il se fatigue très-vite, et qu'on devrait peut-être penser à un retard dans la perception des poids. J'ai fait encore une exploration avant de rédiger son observation ; j'ai eu soin de laisser les poids quelque temps dans le plateau avant de l'interroger ; lui-même élève 8 ou 10 fois la jambe avant de vouloir répondre, comme s'il lui fallait longtemps pour acquérir la perception de la sensation retardée, et j'ai cru pouvoir inscrire ce qui suit : Il est sensible à la présence de 60 gr. dans le plateau, à droite et à gauche.

Il reconnaît la présence de 60 gr. additionnels.

Je crois pouvoir dire, en terminant, que le sens musculaire de ce malade est à l'état physiologique, mais qu'il se fatigue vite, qu'il est sujet à des défaillances passagères et que, probablement, la sensation est retardée.

Malade de l'observation IV.

J'ai pratiqué sur ce malade de très-nombreuses explorations, sans obtenir des résultats intéressants à signaler. Au début des recherches, son sens de la force paraissait beaucoup plus altéré qu'aujourd'hui. C'est là une remarque que l'on note presque toujours lorsqu'on réitère pendant longtemps les explorations d'une façon quotidienne. Le 17 mai, après un trente-troisième examen, j'avais écrit dans mes notes ce qui suit :

Ce malade se contredit souvent, et il est difficile d'arriver à des résultats constants. Ce qu'on peut dire, c'est qu'actuellement il reconnaît, si l'on a soin de faire tout d'abord apprécier le plateau vide un poids de 200 gr. ou 300 gr., et il indique un changement en plus lorsqu'on substitue le poids de 500 gr. à ce poids de 200 gr. primitivement perçu. Avec 1000 gr. il paraît reconnaître une augmentation de 200 gr. Je me suis demandé plusieurs fois, en explorant le sens musculaire de ce malade, s'il n'éprouvait pas une sorte de retard dans la perception de la contraction musculaire, s'il n'y avait pas là, dans le domaine du sens de la force, quelque chose d'analogue à ce qu'on observe dans le domaine de la sensibilité générale, où le retard dans la perception d'une piqûre, par exemple, est remarqué communément chez les ataxiques. Voici quelques résultats de nature à donner une base à cette manière de voir. Tout ceci est noté le 17 mai, après une séance d'électrisation.

Je place 200 gr. dans le plateau, et je fais soulever la jambe; le malade, interrogé de suite, déclare le plateau vide. Je laisse les choses dans l'état, et je fais soulever la jambe quelque temps après; le malade accuse la présence d'un poids. Il est vrai de dire qu'au bout d'un moment il ne s'aperçoit plus de rechef de la présence de 200 gr., toujours laissés dans le plateau; mais cela peut être justiciable de la fatigue du sens et s'observe, je crois, même à l'état physiologique.

Autre remarque.— Je place 1000 g. dans le plateau, le malade déclare que c'est plus lourd; j'enlève le dit poids; le malade, incité à soulever de nouveau la jambe, déclare que c'est la même chose. Notons bien que les yeux du malade sont recouverts d'un mouchoir noué derrière la tête. On est obligé d'admettre une persistance de la première sensation. De même dans certains cas, où il y a hypéresthésie thermique, le malade se plaint de l'approche d'un corps froid seulement un peu après que le contact a cessé, et éprouve alors une sensation qui dure quelque temps.

J'enlève le poids indiqué ci-dessus; le malade, interrogé une troisième fois, croit qu'il y a encore quelque chose; il croit encore à la présence d'un poids, la première sensation a persisté. Je crois donc que, dans certains cas, la perception de la contraction musculaire est lente à s'établir et lente à disparaître. Ce sont là deux causes d'erreurs qui gênent considérablement les explorations, et sont bien de nature à fausser les résultats.

Voici encore les résultats du trente-quatrième examen :

Je place un poids relativement faible, le malade n'accuse aucune sensation; j'enlève ce poids, et bien que le plateau soit vide, le malade, interrogé de nouveau, croit à la présence d'un poids. En général, il reconnaît la présence de 300 gr. et une augmentation également de 300 gr. Lorsque j'ai enlevé les poids perçus, il lui arrive fréquemment de sentir encore un poids; « il y a quelque chose, » nous dit-il. A la jambe gauche, il reconnaît un poids maximum de 200 gr. ou 300 gr., et est sensible à une augmentation d'une quantité équivalente.

Malade de l'Observation III.

Lorsque j'ai commencé à faire des recherches sur le sens de la force de ce malade, j'ai inscrit des résultats tout à fait faux, il répondait presque toujours d'une façon invariable « c'est plus lourd. » Depuis ce temps, j'ai toujours fait la contre-épreuve, c'est-à-dire que je n'ai inscrit des résultats que dans le cas où le patient s'apercevait, non-seulement de l'addition d'un poids, *mais encore de sa soustraction.*

J'ai dès lors toujours trouvé chez lui une notable altération du sens de la force.

Le 1er avril je notais :

A droite, reconnaît seulement 1,000 gr. trouve différence seulement avec 1,000 gr. additionnels.

A gauche, ne reconnaît que 1,500 gr. n'apprécie pas de différence avec un poids additionnel de 1,000 gr.

J'ai pratiqué sur ce malade huit ou dix explorations sans jamais trouver des résultats bien différents de ceux que je viens de signaler.

Dans l'une de mes dernières explorations, je notais ce qui suit :

JAMBE DROITE

Je place 1,000 gr.

Réponse : il n'y a rien, pour ainsi dire.

— Je place 2,000 gr.

Réponse : il semble qu'il y a quelque chose mais ce n'est pas bien sûr.

— J'enlève 1,000 gr.

Réponse : c'est à peu près la même chose.

— Je laisse le plateau vide.

Réponse : on dirait qu'il y a quelque chose.

— Je place alors 2,000 gr.

Réponse : c'est plus lourd.

JAMBE GAUCHE

Le malade nous dit qu'il aurait un peu plus de force qu'il y a quelque temps et que c'est sa jambe gauche qui est la meilleure.

Nous faisons lever avec le plateau vide.

Réponse : il y a peu de chose.

Nous plaçons 1,000 gr.

Réponse : c'est à peu près la même chose.

Nous plaçons 2,000 gr.

Réponse : il semble que c'est chargé.

— Nous faisons alors lever le plateau vide.

Réponse : on dirait que ce n'est pas chargé.

Malade de l'Observation II.

L'exploration du sens de la force des membres inférieurs chez ce malade donne les résultats suivants :

A droite. — N'accuse sensation de poids qu'avec 2750 gr. et encore parce qu'il paraît sentir la pression de la courroie sur la jambe.

A gauche. — N'accuse sensation de poids qu'avec 2750 gr. ; il accuserait une augmentation avec 1000 gr. additionnels.

OBS. XV. — ATAXIE LOCOMOTRICE.

(Salle Ste-Marie n° 39)

M. F. 61 ans, née à Lyon, journalière. Rien du côté de l'hérédité, réglée depuis 14 ans, n'a rien revu depuis l'âge de 30 ans à la suite d'un avortement à 3 mois. Blénorrhagie antérieure mais pas de syphilis avérée. Habitudes de coït debout.

Il y a un an et demi environ, début par des picotements,

des fourmillements et une sensation de chaleur dans les talons, il lui semblait, par instant, qu'on lui enfonçait des aiguilles dans la chair. Elle signale une émotion vive à cette époque.

Cette femme ne peut que faire quelques pas en se tenant aux barres des lits, et chaque fois qu'elle a une émotion il lui semble que ses jambes deviennent plus faibles.

Elle marche en frappant du talon et regarde ses pieds en marchant, il faut absolument que le sens de la vue vienne guider ses pas.

Elle ne peut se tenir debout les talons rapprochés. Les réflexes rotuliens sont abolis.

La force est bien conservée lorsqu'on l'explore dans la station horizontale.

Elle ne peut exécuter avec précision les mouvements commandés après occlusion des yeux.

Il lui semble qu'elle marche sur quelque chose qui la soulève.

Pour que les deux branches de l'œsthésiomètre donnent deux sensations, il faut aux membres inférieurs un écartement de 0,03, à la plante du pied gauche elles ne donnent pas deux sensations distinctes quel que soit l'écartement; à la plante du pied droit il faut un écartement de 0,05.

Pas d'erreur de lieu. Un peu d'hypéresthésie et un peu de retard du côté des membres inférieurs. Hypéresthésie thermique avec un peu de retard.

La vue est diminuée. Troubles dans l'émission de l'urine depuis un an, douleurs sourdes et sensation d'envie d'uriner. Troubles du côté de la défécation.

Exploration du sens de la force.

JAMBE DROITE

Est sensible à la présence . . . de 200 gr.
Reconnaît augmentation . . . de 300 gr.

JAMBE GAUCHE

Reconnaît seulement . . . 200 ou 400 gr.

Et reconnaît l'addition d'un poids à peu près égal.

Je vais signaler en terminant quelques observations dont je n'ai pas encore parlé et qui ne sont afférentes ni à des ataxiques, ni à des sujets sains.

Au lit 30 était une sclérose en plaques, je l'ai examinée bien des fois avec mon premier appareil, je n'ai pu faire d'autres recherches parce que le malade est allé à Longchène.

Je n'avais pas noté d'altération bien nette du sens de la force, il y avait plutôt de l'hésitation et quelquefois des appréciations fausses que je n'ai pas su expliquer, mais qui n'étaient que passagères.

OBS. XVI. — MYÉLITE ANCIENNE

(Salle Sainte-Elisabeth, n° 8)

Antoine-Eugène D., né à Bordeaux (Gironde), faïencier, 46 ans.

Début le 28 octobre 76, par des troubles généraux et une grande faiblesse, il dut rester 7 mois au lit. Au bout de ce temps, il séjourna 7 mois 1/2 dans cet hôpital, salle Saint-Augustin (bains sulfureux, douches froides, iodure de potassium.) Il alla ensuite à Longchène et partit sans avoir récupéré complètement ses forces; il essaye alors de travailler, mais il perd ses forces et bientôt ne peut presque plus marcher. C'est alors qu'il revient à l'hôpital (novembre 1878).

A cette époque, il marchait très-difficilement en hésitant et par saccades et il était obligé de se tenir aux objets environnants pour ne pas tomber. La sensibilité était conservée sur tout le corps, mais un peu diminuée sur le membre inférieur droit qui est plus faible que le gauche.

Le malade est revenu à Sainte-Elisabeth au mois de janvier 1880.

Il se plaint toujours d'être faible et de ne pouvoir marcher, il marche cependant, mais lentement, avec précaution et se fatigue très-vite.

Parmi les nombreuses explorations que j'ai pratiquées sur lui, je relève la suivante qui me paraît donner ce qu'on obtenait le plus souvent : il reconnaît 100 gr.; trouve une augmentation avec 50 gr. à 500 gr.; et à 1000 gr. la différence minimum perçue est encore 50 gr. Le sens de la force de ce malade semble intact.

(1) Dans une polyurie simple j'ai trouvé le poids minimum perçu à droite 10 fois plus considérable que le poids minimum reconnu à gauche. (lit 43.)

Malade de l'Observation XI.

JAMBE DROITE

Poids initial	Est sensible à la présence de		200 gr.
200 gr.	Reconnaît une augmentation de		100 gr.
500 gr.	id.	id.	400 gr.

JAMBE GAUCHE

Poids initial	Est sensible à la présence de		150 gr.
150 gr.	Reconnaît une augmentation de		300 gr.
500 gr.	id.	id.	500 gr.

(1) L'observation de ce malade a été communiquée en juin à la Société des sciences médicales de cette ville par mon excellent ami le docteur Auguste Hugonnard, de Morestel (Isère).

Résumé des résultats fournis par mes recherches expérimentales sur le sens de la force

Aux membres supérieurs, voici ce qui m'a paru le type physiologique :

E..., étudiant.

Poids initial	S'aperçoit de la présence de		1 gr.
1 gr.	Reconnaît une augmentation de		1 gr.
15 gr.	id.	id.	1 gr.
50 gr.	id.	id.	2 gr.
100 gr.	id.	id.	3 gr.

Les résultats sont identiques à droite et à gauche.

On peut rencontrer des types physiologiques d'une sensibilité plus grande.

On rencontre aussi des types physiologiques d'une sensibilité moins grande.

Le plus souvent, le côté gauche présente une sensibilité égale à celle du côté droit. Cependant il n'en est pas toujours ainsi. Dans certains cas, l'avantage est pour le côté droit. Dans un cas, au contraire, l'avantage a été pour le côté gauche, bien que le sujet ne fût nullement gaucher.

Chez un étudiant fatigué par un travail intellectuel et manuel, j'ai trouvé un certain degré d'altération du sens de la force à gauche.

Un jeune malade, atteint d'une affection de la moelle qui, à beaucoup d'égards, ressemble à de l'ataxie, n'a reconnu que 10 gr. à droite et n'a été sensible qu'à une augmentation de 5 gr. ; à gauche, il n'a reconnu que 15 gr., et n'a été sensible qu'à une augmentation de 5 gr.

L'ataxique de l'observation II ne s'aperçoit à droite que de la présence de 10 gr., et n'est sensible qu'à une augmentation de 5 gr. ; à gauche il ne s'aperçoit que de la présence de 5 gr., et reconnaît une augmentation de 2 gr.

L'ataxique de l'observation III ne s'aperçoit à droite que de la présence de 5 gr. et ne reconnaît qu'une augmentation de 5 gr. ; à 50 gr. il n'est sensible qu'à une augmentation de 15 gr. ; à gauche il s'aperçoit de la présence de 5 gr. et ne reconnaît qu'une augmentation de 5 gr. ; à 50 gr. il ne reconnaît une augmentation qu'avec 20 gr. additionnels.

L'ataxique de l'observation IV reconnaît 3 gr. et comme masse additionnelle 2 gr. ; à 50 gr. reconnaît une augmentation de 3 gr., et à 100 gr. de 4 gr.

L'ataxique de l'observation V donne ce qui suit :

à droite	Poids initial	S'aperçoit de la présence de		5 gr.
	5 gr.	Reconnaît une augmentation de		5 gr.
	15 gr.	id.	id.	7 gr.
	50 gr.	id.	id.	10 gr.
	100 gr.	id.	id.	15 gr.
à gauche	Poids initial	S'aperçoit de la présence de		3 gr.
	3 gr.	Reconnaît une augmentation de		3 gr.
	15 gr.	id.	id.	3 gr.
	50 gr.	id.	id.	5 gr.
	100 gr.	id.	id.	10 gr.

Une angine de poitrine symptomatique avec paralysie améliorée et anasthésie guérie du bras gauche nous a fourni l'exemple le plus frappant d'altération profonde du sens de la force seulement du côté de la lésion.

Un hémiplégique par embolie de la région corticale moyenne de l'hémisphère gauche présente, du côté gauche, un certain degré d'altération du sens de la force.

Poids initial	S'aperçoit de la présence de		4 gr.
4 gr.	Reconnaît une augmentation de		3 gr.
15 gr.	id.	id.	10 gr.
50 gr.	id.	id.	15 gr.
100 gr.	id.	id.	20 gr.

Intégrité du sens de la force dans l'épilepsie, je cite deux observations.

A propos des recherches sur le sens de la force des différents doigts, voici ce qui nous a paru un type physiologique :

Etudiant.

Au pouce il est sensible au poids de 2 gr.

A l'index il reconnaît bien 1 gr.

Au médius il reconnaît encore 1 gr.

A l'annulaire il n'est sensible qu'à 2 gr.

A l'auriculaire il reconnaît d'une façon douteuse 1 gr.

A droite et à gauche les résultats sont identiquement les mêmes.

Chez les gens aux mains calleuses habitués à de rudes travaux le sens de la force des doigts est moins délicat.

Chez trois tisseurs le sens de la force des doigts nous est apparu un peu plus délicat à gauche qu'à droite.

Les doigts qui ont été le siége de coupures ont le sens de la force plus ou moins altéré.

Chez un malade atteint d'une paralysie réflexe améliorée du bras gauche, le sens de la force des doigts est notablement diminué à gauche.

Chez les ataxiques, le sens de la force des doigts peut être trouvé altéré ou bien à peine diminué.

Quant au sens de la force des *membres inférieurs*, je crois pouvoir indiquer ce qui suit :

On reconnaît assez habituellement dans le plateau vide dont la sensation a été préalablement appréciée la présence de trente à quarante grammes, cependant il n'en est pas toujours ainsi, et, chez un étudiant, nous n'avons pu faire reconnaître nettement que 170 gr.

On différencie assez ordinairement des poids dont l'écart est de 10, 20, 30, 40, 50 et 70 gr. Ces écarts physiologiques montrent combien la délicatesse du sens de la force est variable, suivant les individus.

Il est permis de dire d'une façon générale que les mêmes écarts entre deux poids suffisent pour les faire différencier, que ces poids soient légers ou qu'ils soient lourds ; en d'autres termes, la différence minimum perçue n'augmenterait pas avec le poids. Cependant il n'en est pas toujours ainsi, et dans un certain nombre de cas il faut, pour que les poids continuent à être différenciés, que les écarts deviennent progressivement plus grands avec des poids progressivement plus lourds. Dans d'autres cas moins fréquents, c'est le contraire qui arrive, et l'écart nécessaire entre deux poids, pour qu'ils soient différenciés, devient au contraire plutôt moindre avec des poids plus lourds.

Conformément à ce qu'il était naturel de penser *à priori*, la délicatesse du sens de la force est aussi grande à gauche qu'à droite.

Quant aux malades atteints d'ataxie locomotrice, le sens de la force dans les membres affectés m'a paru notablement diminué (sauf dans les membres inférieurs du malade de l'observation I).

---

468. — Lyon. — Imprimerie A. Waltener et Cie, rue Belle-Cordière, 14.

TABLE DES MATIÈRES

TABLE DES OBSERVATIONS

www.ingramcontent.com/pod-product-compliance
Ingram Content Group UK Ltd.
Pitfield, Milton Keynes, MK11 3LW, UK
UKHW020314220726
13923UKWH00003B/1149